「あっ……あぁっ……そんな…っ……そんな奥まで…っ……」

　ロレンツォが腰を突き出すと同時に勢いよく彼の上へと身体を落とされ、普段よりずっと奥に彼の雄を感じる俺の口から、あられもない言葉が零れ落ちる。　（本文より）

情熱の花は愛に濡れて

RENA SHUHDOH

愁堂れな

Illustration

かんべあきら

SLASH
B-BOY NOVELS

この物語はフィクションであり、実在の人物・団体・事件等とは、いっさい関係ありません。

CONTENTS

情熱の花は愛に濡れて

1

「……んっ……」

ぐちゅ、と濡《ぬ》れた音が下肢から響いてきたのと同時に、俺の中に繊細な指が挿《はい》ってくる。

「君のここはおねだり上手だね」

耳元で囁《ささや》かれるバリトンに、ぞわりとした何かが背筋を這《は》い上り、きゅっとそこが締まったのがわかった。

「ほら、またねだってる」

くすり、と笑う息が耳朶《じだ》を擽《くすぐ》り、ぞわぞわとした刺激が背筋を這い上り這い下りる。自身の意識を超えたところでまたも俺の後ろがひくひくと蠢《うごめ》き、中の指を締め上げた。

「さっきいったばかりなのにね」

「やっ……」

もう片方の手が俺の前を握り、ゆっくりと扱《しご》き上げ始める。

「もうこんなに濡らして……君の身体は本当にいやらしいな」

後ろに挿《い》れられた指がいつの間にか三本になり、ぐちゃぐちゃと勢いよくそこをかき回し始める。

「あっ……やっ……」

仰《の》け反る身体をしっかりと支える逞《たくま》しい胸板。膝《ひざ》の上に俺を座らせているせいで、腰の辺りに感じるその太く力強い雄《オス》。疲れることを知らぬように蠢く繊細な指。耳元で聞こえる抑えたセクシーな息遣い。

「はぁっ……あっ……あぁっ…」

それらすべてが俺を昂《たか》め、我知らぬうちに腰が前後に揺れてゆく。

「…欲しいのかい?」

「あ…っ……」

前後からすっと繊細な指が去っていった次の瞬間、その手は俺の両脚へと移り、膝の裏側を摑《つか》んで大きく脚を開かせた。

「やめ……っ…」

大股開きのような格好をさせられ、見たくもないのに勃《た》ちきった自身の雄が、露《あらわ》にされたひくつく後ろが目に飛び込んでくる。

「欲しかったら自分で挿れてごらん」

ほら、と笑いながら俺の脚を更に大きく開かせる。彼の指を失ったそこは、ひくひくとまるで壊れてしまったかのように蠢き続け、俺の身体を震わせる。もどかしいという言葉では足りないほどの快楽への飢餓感が俺を動かした。

「ん……っ…」

後ろへと手を伸ばし、太く長く熱く硬い男のそれをぎゅっと握り締める。どくどくと手の中で脈打つそれを握っているだけで俺の昂まりは増し、ごくり、と生唾《なまつば》を飲み込んでしまう。

「ちゃんと自分で広げて。ほら」

脚を摑んだ手に力が籠《こも》り、身体が持ち上げられる。自分の指でそこを広げ、猛《たけ》る雄を導こうとしていた俺の頭にふと、一体俺は何をしているんだろうという思いが過《よぎ》った。

同性のものを握ったことなど今までなかった。手の中にあるその質感に欲情を覚えることもなければ、ましてやそれを自身の手で後孔《こうこう》へと導いていくなど、今まで想像すらしたことのない行為だった。

男の腕の中で快楽に身悶《みもだ》え、淫《みだ》らに腰を揺する自分の姿など思い描いたことすらなかったのに、今、俺の雄はこれから貫かれる快感を予測して先走りの液を零《こぼ》し、後ろは震えを収めてくれる力強い突き上げを期待しわななき続けている。

信じられない——思考が俺の動きを制し、暫《しば》し呆然《ぼうぜん》としてしまっていたらしい。

「あぁっ…」

導く俺の手を待たずしてそれがずぶりと後孔に挿入されたとき、そのことに気づかされた俺の意識は、いきなり始まった激しい突き上げの前にまたも快楽の波へと紛《まぎ》れていった。

「あっ……あぁっ……あっ…あっ…あっ…」

「ぼんやりするなんて随分余裕じゃないか」

飛びそうになる意識の下、幾分不機嫌な声で囁いてくる男を反射的に俺は振り返る。

情熱的な光を宿す美しい黒い瞳。黒い髪。高い鼻梁《びりょう》。形のいい唇――まさに『完璧《パーフェクト》』な美の造形と各メディアで称《たた》えられることの多い美しい男が、俺の視線を受けにっこりと目を細めて微笑《ほほえ》んでくる。

時間も場所も選ばず俺の身体を求め組み敷くこの男――他者に抜きん出ているという自負のもと、優越感に溢《あふ》れていた日々を、屈辱《くつじょく》に塗れた日常へと転落させた男の名が、快楽に喘《あえ》ぐ俺の唇から我知らぬうちに零れ落ちた。

「ロレンツォ……っ…」

ロレンツォ・ヴァレッティ――今や俺の身も心も征服しているといっても少しも過言ではない彼の唇が俺の唇へと近づいてくる。

「……可愛い僕のフィオーレ」

ぺろり、と俺の唇を紅《あか》い舌で舐《な》め上げたロレンツォの手が俺の脚を抱え直し、突き上げが一段と激しくなる。

「あぁっ……」

何度目かともわからぬ絶頂へとまた導かれていきながら俺は、自分の運命を思いもかけない方向へと転じさせることになった彼との――絶対的な美貌《びぼう》と権力を誇るこのイタリア人との出会いをいつしか思い起こしていた。

＊　＊　＊

今回のミラノ出張は、大きな声では言えないが俺へのボーナスのようなものだった。

本来、本間《ほんま》部長が行く予定であったものを、急遽《きゅうきょ》別件が入ったとのことで代理を命じられたのだが、その用件はただ一つ、世界的に有名な高級ブランドA社との契約更新にサインをしてくるだけという、言っちゃなんだが、難しいネゴなど何一つ必要のない、誰にでもできる簡単なものだったからだ。

「日頃、花井《はない》君には頑張ってもらっているからな」

俺が輸入の総代理店契約を結んだアメリカのブランドが今、若者の間で超がつくほどの人気を博しており、本部長からも『先見の明《めい》あり』とのお褒《ほ》めの言葉をいただいた。数字的にもかなり業績に貢献しており、そのご褒美《ほうび》に部長は俺をミラノへと行かせてくれようとしたらしかった。

契約の締結は半日ほどで終わる。それを金曜日にあて、土日とミラノで過ごしてから帰国するというスケジュールをミラノ事務所が組んできた。土日をゆっくり観光でもしろという配慮で、本間部長からの要請らしい。

俺の勤め先は財閥系の総合商社で、アパレル部門に属している。長引く不況の折から全社的に業績が厳しい中、海外ブランドを扱う当部も決して例外ではなかった。そんな状況下にも拘《かか》わらず、入社七年のうちに俺は三つほど大きな山を当てていた。おかげで去年、同期の中では誰より早く管理職に昇格し、気の早い社員たちからは将来の役員候補だなどという噂《うわさ》まで立てられている。

本人、結構そのつもりではあるのだが、それにはこの部にいては駄目だという目論見《もくろみ》もあり、あと一つ、何か大きな山を当てたら俺は本部長に、転籍を申し出るつもりでいた。今の時代、花形となるのはやはりエネルギー部門である。幸い今の電力の部長が大学の部の先輩で、何かと俺を可愛がってくれており、俺を引き抜く気満々であると日頃から言われていた。

そのことを今の上司である本間部長はなんとなく察しており、それで俺にまるでおべんちゃらを使うようにこの、物見遊山半分のミラノ出張を振り当ててきたらしかった。本来なら俺の上司である桜井《さくらい》課長が行くべきであるのに、さも当然のように彼を飛ばして課長代理の俺にお鉢が回ってきたのを、桜井本人は面白《おもしろ》くなく思っていたらしいが、部長にたてつくことはできないようだった。

「まあ、単にサインしてくるだけだからな」

負け惜しみのようなことを言う彼がミラノに行きたがっていたのはミエミエだった。仕事の上でも俺は米国・アジア担当、彼が欧州担当であったので、代わってやってもいいかと思っていたのだが、部長命令を覆《くつがえ》すほど桜井を思いやる気にはなれなかった。

多分、やっかんでるからだと思うのだが、日頃から桜井は俺に何かと険のある物言いをしてくる。実力の差を役職と年次でカバーしようにも、その実力に開きがありすぎて、面と向かっては何もできないでいる彼を俺は密《ひそ》かに軽蔑《けいべつ》していた。

「ところで花井はミラノには行ったことがあるのか?」

桜井のこの問いは、俺への嫌がらせのようなものだった。

「いえ、ヨーロッパには足を踏み入れたことがありません」

かつて彼との会話で、この話題は何度か出たことがある。

「なんだ、今時珍しいな」

嘲笑《ちょうしょう》するように笑った彼に、

「もともとヨーロッパの雰囲気はあまり好きではないので」

以前彼に同じように笑われたときとまったく同じ答えを返すと、

「まあ、好きでも嫌いでも、A社の資料くらいは読んでおけよ」

桜井は嫌味たっぷりの口調で言わずもがなのことを言い、「よろしく頼むな」と俺の肩を叩《たた》いた。

「桜井課長、みっともないわねえ」

「まあ、あれだけ差がついちゃってると、同情しなくもないけどな」

ひそひそと周囲の部員たちが声を潜めて囁き合っていたが、誰も俺に話しかけてくる者はいない。

彼らからすると俺は『近寄りがたい』存在であるらしい。どちらかというと俺はチームを組んで仕事をするのが苦手なタイプだった。特にこのところは自分の仕事に追われ、他者に構っている余裕は殆《ほとん》どなかった。陰で俺は『姫』と呼ばれているらしいのだが、呼んでいる側からすると、『お高くとまっていて自分たちなど相手にされない』という認識らしい。

まあ、言いたい奴には言わせておけ、と思う時点で、もしかしたら俺は彼らの言うように『お高くとまっている』のかもしれない。が、別にそのせいで仕事がしづらくなることもなく、かえってべたべたとした人間関係に煩《わずら》わされずにすむというメリットまであり、常に人に遠巻きにされるという日常を俺は自ら受け入れていた。

ヨーロッパは初めてだったが、アメリカには数限りなく行っていた。たまりにたまったマイルでミラノへの飛行機《エア》はファーストクラスにクラスアップし、俺は入社以来、初めてといっていいほどの気楽な海外出張に出向いたのだが、まさかその地で思いもかけないアクシデントが待ち受けていることなど、想像だにできるものではなかった。

飛行機が予定より遅れたために、空港に到着してすぐ俺はミラノ事務所へと連絡を入れた。一旦事務所に寄るという予定をすっ飛ばして、契約更新の手続きを行うA社に直行する旨《むね》を伝え、事務所長とはA社で落ち合うことにした。

タクシー乗り場の長蛇の列を見たとき、駐在員が出迎えてくれると申し出てくれていたのを、役員の訪欧じゃあるまいし、too muchすぎると断ったことを、俺は一瞬後悔した。

そもそもミラノやパリの支店の駐在員には、これ、という仕事があまりない。観光のアテンドが仕事のメインとなりつつあるという風潮のために、至れり尽くせりというほど世話を焼いてくれるのだが、親切だなと思っているとあとから物凄《ものすご》い額の交計《こうけい》が回ってくる。それを知っているだけに俺は、事務所からの一見好意溢れる申し出を殆ど断っていたのだった。

ようやく乗り込んだタクシーの運転手は、イタリア人なら百パーセント知っているだろうと思っていたA社の場所を知らなかった。仕方なく俺は、高級ブランド店が軒《のき》を並べるモンテナポレオーネ通りに向かうよう指示を出し、飛行機の中で目を通していたA社の資料を再びチェックし始めた。

イタリアの高級ブランドの代表格とも言われるA社と当社の輸入総代理店契約は、今から十五年前に締結されたもので、今に至るまでの間、毎年更新されている。ブランドの人気は衰えることを知らず、A社関連の売り上げは当部の柱の一つでもあった。

A社も我が社の対応には満足しており、今日の契約更新もまず問題なく行われるだろうと、部長も俺も、普段窓口となっているミラノ事務所の人間も、我が社の皆がそう思っていた。

A社はモンテナポレオーネ通りの本店の上が本社オフィスになっている。交通渋滞を予測し、約束の時間に間に合うかと案じていたが、運転手の危険とも思えるドライブテクで、三十分以上早く通りの入り口に到着した。

「グラツィエ」

「プレーゴ」

チップを弾《はず》んでやると、それまで無愛想だった運転手は途端に笑顔になり、イタリア語で何かまくし立てた。どうやらA社の場所を教えてくれているらしく、通りを入ってすぐだと伝えたいらしい。

知っているのなら早く言え、と思いつつ車を降り、高級ブランド店がひしめく通りへと足を踏み入れた。教えてもらうまでもなくA社の店はすぐわかった。他の店に比べて一段と広いショーウインドウに、服と共に見慣れた巨大なポートレートが飾られていたからである。

ポートレートはA社が専属契約をしているという男性モデルのアップだった。日本の路面店にもこのポートレートは飾られており、それで俺にもこの写真になじみがあったのだった。

どこで時間を潰《つぶ》そうかなと思いつつ、俺はショーウインドウの前に立ち、ポートレートを見上げた。モデルの名は忘れたが、この三年というものこのモデルがA社ブランドの『顔』であるという記載が渡されたA社に関する資料にはあった。

物凄いフェロモンを感じさせる顔だった。ここまでアップにしても観賞に堪《た》えるというのはある意味すごいと思う。普通はどんな美貌の持ち主でも、拡大されればある程度のアラは見えてくるものなのに、と時間が余っていたこともあり、ポートレートの前でぼんやりそんなことを考えていた俺は、

「やあ」

いきなり背後からぽんと肩を叩かれ、驚いて後ろを振り返った。

「さっきからずっと眺めているけど、このブランドのファンなのかな？　それともこのモデルが好きなのかい？」

にこにこと微笑みながら俺に英語で話しかけてきたのは、見上げるほどの長身の外国人だった。俺も百七十六センチあるが、男はゆうに俺より十センチは背が高かった。長身なだけでなく、九

頭身はあるんじゃないかというほど頭が小さく、足の長い、超がつくほどにスタイルのいい男である。

濃いサングラスに覆われた顔はどこかで見覚えがある気がしたが、どうやら面識はなさそうだ。なれなれしく話しかけてくるとは胡散臭《うさんくさ》いなと思っているところに、

「もしかして英語がわからないのかな？」

そんなカチンとくることを言われ、俺は思いっきり無愛想に男に言い捨ててしまった。

「英語は理解できるし、別にこのブランドにもモデルにも興味はない」

「……へえ」

男は一瞬虚を衝《つ》かれたように黙ったが、やがて肩を竦《すく》めると、

「それは残念だ」

にこ、と微笑みサングラスを外しかけた。と、そのとき、

「あ、花井さん！」

男のはるか後方、停まった車の中から降り立った、こちらは本当に見覚えのある日本人が声をかけてきたのに、俺の視線は彼へと移った。二期下のミラノ事務所の駐在員、山下《やました》で、続いて車を降りてきた年配の男が多分、ミラノ事務所長だろう。

「それじゃあね」

俺の意識が既に自分にないことに気づいたのか、長身の外国人はぽん、と俺の肩を叩くとそのまま立ち去っていってしまった。一体今のはなんだったのだと首を傾《かし》げたが、歩み寄ってきた山

下が俺に声をかけてきたのに、俺は一瞬で男の存在を忘れた。

「遠いところをご苦労様です」

ご苦労様は目上の人間に使う言葉じゃないことくらい、知らないのかと思いつつ、俺は山下とミラノ事務所長に笑顔を向け、互いに自己紹介をし合った。

「こちらこそ。わざわざご足労いただき申し訳ありません」

契約は俺の所属する部とA社で締結するので、ミラノ事務所はあまり関係ないのだが、我が社がA社に対し重きを置いていることを示すために、わざわざ白髪頭の事務所長を同席させることになったのだった。

「いやいや。毎年恒例のことですから」

「それでは参りましょうか」

事務所長が笑顔で俺の挨拶《あいさつ》に答えた横から、山下が俺たちを店へと導いてゆく。

「そういえば、さっきはどなたとお話になっていたのです？」

山下に問いかけられたとき、既に男の存在は俺の意識の外にあった。

「え？」

「ほら、我々が声をかける前に店の前で誰かと話していたじゃないですか」

「ああ」

話していたなどと言うからわからないのだ、と俺は心の中で毒づき肩を竦めてみせた。

「さあ。声をかけられただけですが」

「気をつけてくださいね。ここは治安がいいと胸を張れる場所ではないので」

したり顔で注意を施《ほどこ》してくる山下に、そんなことはわかっていると苛立《いらだ》ちを覚えたが、嫌味を言うのも大人気ないかと俺は無言でまた肩を竦めてみせ、それからは会話もないまま俺たちは彼の先導でエレベーターに乗り込み、オフィスのある五階へと降り立った。

約束の時間にはまだ十五分ほど早かったせいか、応接室に通されたものの、A社の人間は誰も応対に出てこず、そのまま暫《しばら》くの間待たされることになった。

東京から持参した、既に部長のサインの入った契約書を机の上に載せて待つこと三十分、イタリア人は時間にルーズなのかと、苛々《いらいら》し始めた頃にようやく部屋のドアが開いたのだが、登場した人物の外見に俺は驚き、思わず山下と事務所長を見てしまった。二人も驚いたように目を見開いている。

「お待たせしました」

にこやかに微笑み英語で挨拶をしながら部屋に入ってきたのは、若い男のようだった。『男のよう』というのもおかしな表現だと我ながら思うが、この人物を前にしてはそうとしか言いようがなかったのだ。

「はじめまして。社長秘書をしております、マルティーノと申します」

名乗った声はどう聞いても男のものだったし、身につけているのは自社ブランド製品の三つ揃《ぞろ》えの男物のスーツだったが、その容姿はまるで男装の麗人のようだった。

艶《つや》やかな黒髪で縁取《ふちど》られた白い小さな顔は、清楚《せいそ》な美女にしか見えなかった。濡れたような黒い瞳といい、頬《ほお》に落ちる長い睫《まつげ》の影といい、紅く色づく唇といい、性別を一瞬疑ってしまうような美貌である。スーツをまとった身体も男性というには少し華奢《きゃしゃ》すぎるような気がして、無礼を承知で俺は思わずまじまじと社長秘書を名乗った男の顔に注目してしまった。

「こ、これははじめまして」

やはり事務所長も彼の性別を測りかねているのか、俺同様、じろじろと秘書の顔を眺めながら、しどろもどろに挨拶を返している。

「どっちでしょう」

山下がこそこそと俺に声をかけてきたのに、「さあ」と目で応えたものの、すっかり目の前に現れた秘書の美貌に度肝を抜かれてしまっていたのだが、そんな場合ではないことを、俺は間もなく知らされることになった。

「社長からのご用件をお伝えいたします」

応接セットの、テーブルを挟んだ前のソファの中央に座り、秘書がおもむろに口を開く。

「はい」

伝言ということは社長はこの場に現れないということだろうかと、嫌な予感が俺を襲ったが、事態は更に深刻だった。

「今回の御社との契約の更新を考え直したい、とのことです」

「なんですって？」

青天の霹靂《へきれき》とはまさにこのことだった。俺に代役を振った部長からは、既にこの契約更新に関しては同意ということで話がついていると聞かされていた。それをなぜに今更『考え直したい』などと言い出すのかと、狼狽《ろうばい》したあまり俺は思わずソファから身を乗り出し、大きな声を上げてしまった。

「一体どういうことなのです。御社より内々にご了解の旨連絡がきていると聞いていますが」

「社長の意向です」

俺の剣幕に臆することなく、マルティーノは美しい瞳で真《ま》っ直《す》ぐに俺を見据えながら、きっぱりとそう言いきった。

「それなら社長と話をさせてください」

「社長はお目にかかるつもりはないと申しております」

「なんですって？」

契約更新を拒絶した上に、こちらと会う気もないとは、一体どういうつもりだという憤《いきどお》りが芽生えたが、怒りのままに席を立つことは俺にできることではなかった。

A社の輸入総代理店権は、各商社が喉《のど》から手が出るほど欲しい商権だった。我が社が手を引くことになれば、ライヴァル社がこぞって名乗りを上げてくることだろう。他社に持っていかれでもしたらそれこそ全社を挙げての問題になる。なんとしてでも契約は更新してもらわないとと、俺は、ここまで我が社を馬鹿にしきった態度をとるA社への個人的な憤りを抑え込み、必死で今にも席を立ちそうなマルティーノに追い縋った。

「それでは理由をお聞かせください。契約の更新を躊躇《ためら》われる要素はなんですか」

「日本の商社は御社だけではない、というのが理由のようです」

「……」

やはり競合がちょっかいをかけてきたのか、と俺は心の中で唇を噛《か》んだ。既に十五年もの契約更新を続けているが故《ゆえ》に、今更、という思いはあるが、この不況下各社ともなりふりかまっていられなくなったのかもしれない。

それなら我が社もなりふりかまわずやるだけだ、と俺は改めてマルティーノを見据えた。

「確かに日本の商社は当社だけではありませんが、御社とは十五年にも亘《わた》るお付き合いをさせていただいています。A社というブランドをどの社よりも理解しており、御社製品を日本のシェアに乗せるノウハウに関しましても、この十五年の歴史により、他社と比するまでもなく勝っているという自負もあります。契約内容にご不満があるのでしたらおっしゃってください。必ず前向きに検討させていただきます。当社との契約は御社にとってもプラスになること間違いありません」

断言した俺の横では、事務所長と山下が、ただおろおろと目を泳がせている。まったく頼りにならない彼らなど相手にしている場合ではないと俺は再び、

「お願いいたします」

とマルティーノの前で深く頭を下げた。

「……少々お待ちください」

マルティーノが静かにそう答えたあと席を立つ。まるで足音のしないようなしなやかな動作で

——といっても室内には毛足の長いカーペットが敷き詰められていたので、靴音は吸い込まれてしまっていたのだが——彼が室外へと消えたあと、

「どうする、花井君」

今更のようにうろたえた声で、事務所長が俺に話しかけてきた。

「どうするもこうするも。更新してもらうしかないでしょう」

「それはそうなんだが、社長が出ても来ないというのは……」

いやはや参った、と事務所長は途方に暮れていたが、そもそもミラノにいながらにして、A社に擦《す》り寄ってくる他社の動向に気づかなかったのかと、俺は彼に詰め寄った。

「A社が契約を結ぼうとしている社に心当たりはありませんか？　一体どこがウチを出し抜こうとしたんでしょう」

「さあ。まったくそんな気配はなかったんだが…」

俺の剣幕に押されたように、事務所長がたじたじとなる。本当にまったく頼りにならないと溜《た》め息《いき》をつきかけたそのとき、

「失礼します」

再びノックと共に、華奢なマルティーノの身体が微《かす》かに開いたドアの間から滑り込むように室内へと入ってきて、俺たちの意識は一気に彼へと集中した。

「いかがでしょう」

社長はやはり俺たちとは会わないつもりなのだろうかと、身を乗り出した俺の前に、マルティ

ーノはまた音も立てずに座ると、

「社長からの伝言です」

凛《りん》と響く綺麗《きれい》な声でそう告げ、ますます俺たちの注目を集めた。

「御社との契約の更新ですが、こちらの提示いたします条件を満たしてくだされば、サインをするとのことでした」

「条件、ですか」

復唱しながら俺は、契約内容を頭の中でざっと思い起こしていた。マージンの割合だろうか、それとも支払いの方法だろうか。いずれにしてもすぐに東京と連絡をとり、善処しなければと思った俺の予測は綺麗に外れた。

「どのような条件なのです」

問いかけた俺に、マルティーノはそれまでの取り澄ました表情を解き、小さく微笑んでみせた。

「実は今、当社では困った問題が持ち上がっておりまして、その解決に御社の協力が得られれば、今後も契約を継続すると社長は申しているのです」

「困った問題、とおっしゃりますと？」

あまり面倒なことでなければいいが、と俺は密かに神に願った。倒産の危機に喘いでいるので出資をしてほしいだの、面倒な訴訟を起こされているので解決に一役買ってほしいなどと言われでもしたら、面倒以前に契約更新そのものを考え直さざるを得なくなる。

「ロレンツォ・ヴァレッティ——ご存知でしょうか」

だがマルティーノが話し始めた『困ったこと』は俺の心配するような内容ではなかった。

「ああ、御社の専属モデルですな」

一瞬、誰だっけ、と首を傾げた俺の横で、事務所長が大きく頷《うなず》いた。

「はい。三年前から当社は彼と専属契約を結んでおり、コレクションは勿論《もちろん》のこと宣材のすべてに彼の写真を用いております」

「まさに御社の顔ですな」

事務所長の相槌《あいづち》に、俺は店に飾られていたポートレートを思い起こしていた。確かにA社といえばあのモデルが浮かぶな、と一人納得していた俺の前で、マルティーノの話は続いていった。

「その彼がここにきて、当社との契約を打ち切りたいと言ってきたのです」

「それは……」

まるで御社の我が社への所業のようですね、という嫌味が頭に浮かんだが、勿論口にする勇気はなかった。

「お困りですね」

代わりに迎合するような相槌を打った俺に、マルティーノはさも困ったというように眉を顰《ひそ》め、大きく頷いてみせた。

「本当に困りました。先ほどおっしゃってくださったように、彼は当社の顔です。我が社としてはどうしても彼を失いたくないのです。ですから」

「はい？」

マルティーノの口調が変わったのに、いよいよその『条件』が出てくるのかと、俺もソファの上で居住まいを正した。

「御社には彼と我々の間に入り、仲を取り持っていただきたい——早い話が、当社との専属契約を続行するよう、ロレンツォを説得してほしいのです」

「……はあ…」

思いもかけない『条件』の提示に、戸惑うことしかできないでいた俺の前で、マルティーノは黒い瞳を微笑みに細め、再び同じような言葉を繰り返した。

「ロレンツォに当社との専属契約を更新させてくださったら、御社との総代理店契約も更新しましょう——社長はこう申しているのですが、いかがされますか?」

「それは一度社に持ち帰りませんと…」

なんともいえない、とぼそぼそと言い始めた事務所長の声にかぶせ、俺はきっぱりと言いきった。

「お引き受けいたしましょう」

「花井君?」

「花井さん、いいんですか?」

ミラノ事務所の二人が驚きの声を上げる。もしここで即答を避ければ、他社がこの条件に飛びつくかもしれないとなぜにこの二人は考えないのかと、俺は彼らをじろりと睨《にら》むと、改めてマルティーノに向かい、大きく頷いてみせた。

「お約束します。必ずロレンツォ・ヴァレッティに契約継続を了承させましょう」

モデルが契約更新をごねる理由は待遇か金だろう。A社が出せないというのなら当社が肩代わりをすればいいことで、そう難しい話ではない——と俺はそう考えたのだ。

「頼もしいですね」

マルティーノがにっこりと微笑みながら俺に右手を差し出してくる。握手か、と俺も右手を伸ばし、彼の白い綺麗な手をぎゅっと握り締めた。

「あんな安請け合いをして、どうなるか知らないよ」

その後間もなく俺たちはA社のオフィスをあとにしたのだが、ミラノ事務所へと向かう道すがら、車の中で事務所長は俺に向かい呆《あき》れた視線を向けてきた。

「契約更新が見込めない以上の酷《ひど》いことにはならないでしょう」

「そりゃあそうだが」

俺の言葉にしぶしぶ頷きながらも、事務所長は「大丈夫かねえ」と尚も心配そうな様子である。

「まあ、なんとかなるでしょう」

「確かに君は頼もしいよ」

考えるよりまず実行、とばかりに言いきった俺に、事務所長は嫌味半分でマルティーノの言葉を繰り返していたが、まさか彼の言うよう、己の『安請け合い』がとんでもないことを引き起こすことになろうことなどそのときの俺には予測できるわけもなく、彼の嫌味に肩を竦めて応えると、まず部長に報告しなければと荷物から取り出したモバイルで本社にメールを打ち始めた。

2

ミラノから帰国した一週間後、俺は成田《なりた》空港の入国ロビーでロレンツォ・ヴァレッティが現れるのを待っていた。

俺の報告を聞き、本間部長はA社の心変わりに驚きと怒りを露にしていたが、立場的に提示された条件を呑《の》むしかないという判断を下し、その責任者に手を挙げていた俺を指名した。

「いかにしてロレンツォを説得するかだが…」

まずどうやってコンタクトをとるか、と聞いてきた彼に、俺はA社の社長秘書、マルティーノから聞き出した話を伝えた。

「再来年のA社のコレクションのテーマが『ジャポネーゼ』――日本、とのことで、一週間後にパンフレットの撮影にロレンツォが来日するそうです。そのフルアテンドを当社が引き受け、その間に説得するのはどうでしょう」

俺の提案を本間部長は受け入れ、

「すべて君に任せる」

費用はいくらかかってもいいと肩を叩いてくれた。

説得するにはまず相手のことを知らなければと、俺は色々と手を尽くしてロレンツォのことを調べようとしたのだが、調べれば調べるほどその存在が謎に包まれていることに気づくことになった。

まず彼はどこにも正式なプロフィールを公表していなかった。モデルであるのに、身長体重もわからない。年齢も出身も『?』と記されていて、『ロレンツォ』というのも本名なのかわからないとのことだった。これはもしや事務所が公表を避け、ミステリアスな雰囲気で売り出そうとしているのかと邪推したが、彼の所属事務所すら俺は見つけることができなかった。

どうもA社とは個人契約のようだ。俺はマルティーノにロレンツォの住所やら名前やら、正式なプロフィールを問い合わせたのだが、彼から返ってきた答えは、現住所以外は『わからない』という素っ気無いものだった。

ロレンツォはA社の顔ではあったが、他のコレクションには一切出ていない。各ブランドやデザイナーはこぞって彼の連絡先を探し、契約を結びたがっているらしいのだが、どこの社もデザイナーも彼に辿りつくことができず挫折《ざせつ》しているとのことで、ファッション業界では『謎多きモデル』という伝説が出来上がっているらしい。

他のコレクションに出ないのは、A社と専属契約をしているからだろうが、ここにきてその契約を打ち切りたいとロレンツォが思ったということは、他社がようやくコンタクトをとれたということかもしれないな、と俺は手にしていたロレンツォの乗った飛行機の便名を書いたメモと到着時間の表示板をかわるがわるに眺めながら一人小さく頷いた。

撮影スタッフに先立ち、ロレンツォは一人で来日することになっていた。A社経由で彼には、日本でのフルアテンドを我が社が——俺が担当するということを伝えてもらっていた。

飛行機はとっくの昔に到着しているはずなのだが、いつまで待っても頭に叩き込んだ写真の男はゲートから出てこない。まさか予定している便に乗らなかったのではないかと案じていた俺の前でゲートが開き、長身の男が現れた。

百八十五センチを超す長身。小さな顔。広い肩幅。高い腰の位置から伸びる長い足——ジーンズにジャケットを羽織っているという、はっきりいってどうということのないシンプルな服装をしているというのに、あたかも彼の周囲の風景だけがまるで、雑誌のグラビアを切り抜いたような、そんな洒脱な雰囲気を醸し出していた。

ロレンツォだ——黒い髪を無造作にかき上げ、周囲を見回している、それだけでも圧倒的に絵になる彼に、周囲の出迎え客たちが「誰？」「モデル？」とざわめき始める。瞬時彼の姿に見惚れてしまっていた俺は、そのざわめきに我に返り、慌てて彼へと駆け寄っていった。

「失礼。ロレンツォ・ヴァレッティさんですね？」

「君は？」

英語で問いかけた俺に、宣材写真そのものの整った男が笑顔を向けてくる。

「三友《みとも》商事の花井和響《かずとよ》と申します。今回の来日でフルアテンドをさせていただくことになっています」

「シニョール花井」

差し出した名刺を片手で受け取ったロレンツォが、ひっくり返して日本語で書かれた俺の名を

見る。

「この文字は知ってる」

「え？」

『花』の文字を指差され、意外に彼は日本語に造詣《ぞうけい》が深いのかと、問いかけようとしたのだが、周囲のざわめきが大きくなったのに俺は気づいた。

どうやら彼がロレンツォであることが気づかれ始めたらしい。騒ぎになる前にと俺は手を伸ばし、彼のトランクを受け取った。

「これから宿泊ホテルにご案内します。お荷物はこちらのみでよろしいですか？」

一週間の滞在には小さなトランクだと思いつつ尋ねると、ロレンツォは「ああ」と頷き、

「僕が持とう」

と俺の手からトランクをまた奪い取った。

「あの」

「ところでよく僕がわかったね」

言いながらロレンツォがエントランスへ向け足を進める。一体何を言っているのかと首を傾げながらも俺は必死で彼のあとを追った。歩幅が違うためにロレンツォは悠々と歩いているのに、俺は殆ど小走りになってしまっている。

「失礼します」

一応声をかけてから携帯を取り出し、既にエントランスの前で車が待機していることを確かめ

た。

「お車の準備ができています」

「ありがとう」

ロレンツォは肩越しに俺を振り返ると、にっこりと笑ってみせた。

ロレンツォのために俺は、ただのハイヤーではなくリムジンを用意していた。予約したホテルも一泊数十万はする、汐留《しおどめ》にできたばかりの超がつくほど高級なホテルだ。驚くかなと思ったが、さすが著名なモデルはこういった扱いに慣れているのか、ごく当たり前のようにリムジンに乗り込み、なんとなく俺をがっかりさせた。

「ホテルまでは一時間半ほどで到着するかと思います」

同じ車に乗り込み、「何か飲まれますか」と尋ねた俺の顔を、ロレンツォはまじまじと見つめてきた。

「あの?」

居心地が悪い、と俺は我ながら引きつった笑みを浮かべ、ロレンツォの顔を見返した。

外国人と仕事をするのは勿論これが初めてではないが、相手は押しなべて会社員であり、モデルのような特殊な職業の人間とは向かい合ったことがなかった。アパレル業界に勤めるような男たちは皆、自身の外見にも気を配っている者が多いが、プロとアマチュアの差というか、ここまで顔立ちの整った男と相対したことがないだけに、こうもじっと顔を見られるといたたまれなくなってしまう。

それにしても彼は今、いくつなのだろうと、口を開く気配のないロレンツォの顔を俺は改めて見やった。

外国人の年齢は読めないことが多い。二十九歳の俺よりも年上に見えるが、意外に二つ三つ若いのかもしれない。さすがに二十代前半ということはないだろうが——などとつらつらと考えている間も、ロレンツォは俺から目を逸らさず、じっと見つめ続けている。

絶対的な容姿の差を見せ付けられるというか、同性としてのコンプレックスを刺激されるというか——どうでもいいが、何か言いたいことがあるなら言えばいいのに、と思った俺の脳裏にふと、先ほどロレンツォが口にした謎の言葉が甦《よみがえ》った。

『ところでよく僕がわかったね』

あれは一体どういう意味だったのだろう。自分の顔が売れていないという謙遜《けんそん》か何かか、と問おうとしたそのとき、ちょうど同じことを考えていたのか、

「いや、ようやく君が僕を認識してくれたのかと思うと嬉《うれ》しくてね」

ロレンツォはにっと悪戯《いたずら》っぽい笑いを浮かべてそう言うと、「ミネラルウォーターを」と俺の問いに答えた。

「はい?」

ますます意味がわからない。とりあえず希望のミネラルウォーターを冷蔵庫から取り出し——それにしてもリムジンの中というのは、なんでも揃っているのだなと俺は生まれて初めて乗るこの豪華な車を密かに見回してしまった——用意してあったグラスに注いで恭《うやうや》しくロレンツォに差

し出した。

自分でも卑屈なほどに丁重な態度をとっているとは思うが、丁重に扱われて悪い気がする人間はいまい。これからこのモデルを、A社との専属契約を更新するよう説得しなければならないのであるから、機嫌を損ねるわけにはいかないのだった。

「少しは僕に興味を持ってくれたということかな?」

俺から受け取ったグラスの水を一気に空《あ》けたロレンツォが、さも当たり前のように空のグラスを俺へと差し出しながら問いを重ねてくる。

「あの、何をおっしゃっているのかがちょっと…」

わからないのですが、と言いながら、新たにミネラルウォーターをグラスに注いでいた俺は、返ってきたロレンツォの答えに狼狽したあまり、グラスを取り落としそうになってしまった。

「以前君は僕に言ったじゃないか。『このブランドにもモデルにも興味はない』と」

「ええ?」

そんなことを言った覚えはない、と言いかけた俺の脳裏に、あの、ミラノのA社の前で男に声をかけられたときの光景がまざまざと浮かんだ。

「あ」

どこかで見たことがあると思った顔——濃いサングラスに遮られていたその顔の持ち主は、まさに今、俺が目の前にしているこの男だったのではあるまいか。

「おっと」

動揺のあまり震えてしまっていた手を、伸びてきたロレンツォの手がぎゅっと握り締めてくる。

「す、すみません」

「いや」

そのまま俺の手からグラスを受け取ってゆく彼を前に、俺は一体どうしたらいいのかと、内心頭を抱えてしまっていた。

ここは詫《わ》びるところだろうと思ったが、『あなただとわからなかった』と正直に言うのが果たしていいことなのか悪いことなのかがわからない。顔を売り物にしているモデルや俳優に『気づかなかった』ということ自体が失礼なんじゃないかと俺が逡巡《しゅんじゅん》している間に、ロレンツォはまたグラスの水を飲みきると、今度は俺に手渡すことなく、カタン、と前のテーブルにそれを下ろした。

「あの…」

やはり詫びは必要だろうと意を決し、口を開きかけた俺の前で、ロレンツォはジャケットのポケットを探ると、

「ほら」

二つ折りにした一枚の書類を俺に示してみせた。

「ここに君の名前の一文字がある」

言いながら彼が指差したのは、どうもA社の企画書のようだった。イタリア語で書かれた内容はよくわからないのだが、確かに『花鳥風月』という漢字が書かれている。

「どういう意味なのかな?」

「この一文字は『flower』という意味ですが、『花鳥風月』は日本の自然の美しさを表した言葉です」

話題がそれたことにほっとしつつ、俺は愛想笑いを浮かべながら丁寧に説明し彼を見た。

「フィオーレ《花》か」

途端にロレンツォが嬉しそうな顔になる。イタリア語はわからないが、どうも『花』と言っているらしいと察し、「そうですね」と相槌を打った俺に、ロレンツォは黒い瞳を細めて微笑むと、思いもかけない言葉を口にし俺を唖然《あぜん》とさせた。

「美しい君にぴったりの名だ」

「は?」

聞き違いだろうか——? この完璧な美貌を誇る男に『美しい』と言われるような容姿を自分がしているとはとても思えない。整っていないとは言わないが——俺の『姫』というあだ名には、女顔のこの容姿への揶揄《やゆ》も含まれているらしかった——『美しい』と言われるレベルではないだろう。

「シニョール花井。親しみを込めてこれから君を『フィオーレ』と呼んでもかまわないかな」

「それは勿論」

戸惑っている俺に、ロレンツォは笑顔で言葉を続けてくる。『親しみを込めて』くれるというのであれば、こちらとしてもありがたいと笑顔で頷いた俺に、

「僕のことはロレンツォと呼んでくれ」

ロレンツォはそれこそ『美しい』顔に輝くばかりの笑顔を浮かべ、俺に向かって右手を差し出してきた。

「一週間、よろしく頼むよ」

「ご満足のいくご滞在をお約束させていただきます」

ぎゅっと出された手を握り締めると、ロレンツォもぎゅっと俺の手を握り返してくれた。よかった、どうやらあの、ミラノでの俺の失礼な発言を彼はそれほど気にしていないらしい。安堵《あんど》すると同時に、少しでも早く動けるよう、彼がA社との契約の何に不満を抱いているのか、確かめておこうという考えが俺の頭に浮かんだ。

「シャンパンがあるのかい？」

俺と握手を交わしたあと、ロレンツォが俺の背後にあるシャンパングラスに目を留め尋ねてきた。

「はい。ご用意しています」

「それなら乾杯しようか。二人の出会いに」

「かしこまりました」

やはりロレンツォは上機嫌のようだ。これならさりげなく聞き出せるかと俺はシャンパンを冷蔵庫から取り出し栓を開けようとした。

「僕がやろう」

手つきが危うかったからか、ロレンツォの手が伸びてきて、ひょい、と俺からシャンパンを取り上げた。

「いえ、私が」

「フィオーレはグラスを」

「……」

フィオーレ——そう呼んでもいいかと問われ、勿論いい、と承諾したのだから、彼がそう呼ぶことはまあ、当たり前なのかもしれないが、まるで自分の名のような気がしないないという違和感を覚えずにはいられなかった。

確かに外国人には俺の名は呼びにくいと今までも言われたことがあった。花井という名字は勿論のこと、『和響』という名はもう致命的ともいうべき呼びにくさらしく、たいていの外国人が俺を『カズ』という愛称で呼ぶ。ロレンツォにもそう呼んでもらえばよかったか、と今更のことを考えている間に、大きな音も立てずに器用にシャンパンの栓を抜いた彼が、俺の用意したグラスにそれを注ぎ始めた。

「申し訳ありません」

私が、と慌ててシャンパンを取り上げようとしても、「いいから」とロレンツォは笑って二つのグラスにシャンパンを注ぎ終えると、

「乾杯しよう」

ようやく俺に瓶を手渡し、グラスを取り上げた。

「我々の素晴らしい出会いに」

「ロレンツォの素晴らしい活躍と、A社の発展に」

グラスを目の高さまで持ち上げるロレンツォに、俺もまるでおべんちゃらのような言葉を返す。

「……ありがとう」

ロレンツォは一瞬何か言いたげな顔になったが、すぐにまた満面に笑みを浮かべると、シャンパングラスを一気に呷《あお》り、カタン、とテーブルに戻した。

「もう少しお飲みになりますか？」

「ああ。フィオーレも飲むといい」

フィオーレという呼び名は既に彼の中では定着しているようだ。俺は彼のグラスにシャンパンを注ぐと、手早くワインクーラーの準備を整えた。

「花のような君の美しさに」

「………」

乾杯、とグラスを掲げられてもどう答えていいものかわからない。美しいあなたの瞳に、というのもベタだろうかと思いつつも俺は、また一気にグラスを空けてしまったロレンツォのためにシャンパンをクーラーから取り上げた。

「日本にいらしたことはありますか？」

明らかにされていないロレンツォのプロフィールは、こうして会話で埋めてゆくしかない。彼が何を望み何を好むのか、とりあえず知っておこうと俺はさりげなく彼に質問を始めた。

「いや、今回が初めてだ。今まで興味はあったのだけれど、なかなか訪れる機会がなかった。コレクションのテーマが『ジャポネーゼ』と決まったと聞き、それなら一度日本を訪れてみたいと思っていたところ、こうして撮影のために来日できることになりラッキーだった」

「……そうですか」

多分A社はこのロレンツォの『希望』に添うために、撮影場所を日本にしたのだろうと俺は推察した。

「プライベートで訪れたほうが有意義だったとは思うけれどね」

ぱちり、と音がしそうなほどの長い睫を瞬《しばた》かせ、ロレンツォが俺にウインクする。

「撮影の合間に少しお休みがありますから。ご希望の場所がありましたらご案内しましょう」

そう言いはしたが、実際はあまり余暇らしい余暇はなかった。撮影は明日と明後日が東京の浜《はま》離宮《りきゅう》で、そのあとの二日が鎌倉《かまくら》で行われる予定で、最終日前日は汐留のホテルの特設会場でコレクションの発表会が行われるというハードなスケジュールで、余暇はそのコレクションの翌日一日のみだった。

ただ夕方から夜にかけては、敢《あ》えてきっちりと予定を組まないようにしていたので、ロレンツォの希望を聞く余地があった。

まあ、どうせ高級クラブにでも連れていくことになるのだろうが、と思いつつも笑顔で答えた俺に、ロレンツォは見るからに上機嫌な顔で微笑んだ。

「楽しみにしているよ」

「なんなりとお申し付けください」

彼のにこやかな笑顔を前に、俺はいよいよ本題に入ってみようと心を決めた。なんとしてでも彼にはA社との契約を継続させなければならない。そのためには一体どこからアプローチをすればいいのかと、それを探ることにした。

「ところで、ロレンツォさんはA社との専属契約を考え直したいとおっしゃっているそうですが、もし差し支えなければその理由をお聞かせいただけませんか」

核心を衝きすぎたかなと思わないでもなかったが、彼には回りくどく攻めるよりいいのではないかと思ったが故の問いかけだった。まだ人となりを理解するほど話し合ってはいないが、少なくとも彼は来日に上機嫌である上に、俺のことを気に入ってくれている。そんな彼の懐《ふところ》に飛び込むのには、腹を割って話し合おうというスタンスを取るほうがよいのではないかという勘のもと、問いかけた俺の前でロレンツォの顔から笑顔が消えた。

「…失礼。立ち入ったことを申し上げましたか」

しまった、さすがにまだ早すぎたかと俺は慌ててリカバリーを図り始めた。

「もしも当社でお役に立てることがありましたら、それこそなんなりとお申し付けいただきたいと思ったが故の申し出でした。お気に障《さわ》られたのなら申し訳ありません」

できるだけ真摯《しんし》に見えるよう気を配りつつ、深く頭を下げた俺に、ロレンツォの顔に笑顔が戻った。

「いや、気に障ったわけではないよ。A社との契約には少しナーバスになっていてね」

「大変失礼しました」

気に障っていないといいながらも、先ほどよりは少し彼の機嫌にはかげりが見えてきたような気がする。ここは話をそらすかと俺は、今夜の夕食の希望でも聞こうと口を開きかけたのだったが、一瞬早くロレンツォが俺に逆に問いかけてきた。

「ときにフィオーレ」

「はい?」

もう『フィオーレ』という呼びかけに戸惑うことはなくなった。そんな俺を前にロレンツォは満足げに頷いたあと、俺が変えようと思っていた話題を継続し始めた。

「A社との契約の件だけれども、君は——君の社は、一体僕のためにどのようにして役に立とうと思っていたのかな?」

「そうですね…」

ここは具体的なことを言うべきだろうかと瞬時迷ったが、じっと俺を見据えてくるロレンツォの目に笑いの影がないことに気づき、言うべきだろうと判断した。

「当社が最もお力になれるのは金銭面です。それ以外にも勿論、ご希望に添えるようA社に申し入れはいたしますが…」

「要は僕が契約の継続を渋っているのは、金が原因だと思っているというわけだね」

ははは、とロレンツォが笑って俺の言葉を遮ったのに、しまった、また機嫌を損ねたかと腋《わき》を冷たい汗が流れた。

「いえ、そのようなつもりは…」

「まあ、君たちビジネスマンの世界では、それが常識なんだろう」

気にすることはない、と言いながらもロレンツォの目は笑っていないような気がして、俺は必死で何か言い繕《つくろ》おうと言葉を探した。

「勿論我々もロレンツォさんが、契約金額のみを気にされていると考えていたわけではなく…」

「ロレンツォ、と呼んでくれと言ったろう?」

幾分不機嫌な声でそういわれ、また俺の腋の下を冷たい汗が流れる。

「失礼しました」

「気にすることはないよ。ほんの一週間前まで君は僕のことを知らなかった。そんな君が僕を金目当てで契約を渋るようなモデルだと思うのも無理のない話だ」

「……も、申し訳ありません」

ロレンツォの口調は柔らかく、顔には笑みさえ浮かんでいたが、彼が相当気分を害していることは話の内容からわかった。

やはりまだ彼は一週間前の、あのミラノでの出来事に怒りを覚えていた。その上俺が、いかにも『金目当て』というようなことを言い出したのに、更に怒りが煽《あお》られたと見える。ここはただただ平身低頭して詫びるしか道はないと何度も頭を下げながら、なんとか機嫌を直す方法はないものかと必死で考えを巡らせていた。

高速が少し渋滞したせいで、汐留のホテルに到着するまでにはそれから一時間以上かかった。

俺の必死さが伝わったのかロレンツォはそれから少し機嫌を直したようで、色々と俺に日本の文化について問いを重ねてきて、時間があれば歌舞伎《かぶき》が観たいと笑顔を見せてくれるようになり、俺をほっとさせた。

高速を降りてすぐのところに、彼の宿泊先に選んだホテルはあった。緊張感に溢れた会話を長時間交わしてきたことで、俺は心底疲れ果ててしまっていたが、そんなことも言っていられないとロレンツォの代わりにチェックインをし、ホテルのボーイと共に彼を部屋に案内した。

「ベッツラ《美しい》！」

部屋は撮影が行われる浜離宮を見下ろすガーデンサイドの最上級のスイートだった。一泊数十万、一週間で数百万となるが、狭い部屋など用意して気分を害されることのほうがリスクが高いという判断のもと、このような散財をすることになった。

ロレンツォは窓から見下ろす景色を酷く気に入ってくれたようだ。ボーイがひとしきり英語で室内の設備の説明を終え、何か聞きたいことはないかと尋ねると、

「ありがとう」

ロレンツォも英語で礼を言い、何もないと首を横に振った。

「それではおくつろぎください」

ボーイが丁重に頭を下げて部屋を出ていく。俺も退出させてもらおうと、先ほどのボーイのようにロレンツォの前で頭を下げた。

「それではどうぞごゆっくりお休みくださいませ」

夕食は車中で彼の希望を聞き、ルームサービスをとることになっていた。当初の予定では部長を同席させることになっていたのだが、その旨をロレンツォに伝えると、疲れているので勘弁してほしいといわれ、急遽ルームサービスに変更したのである。

「ああ」

ロレンツォはボーイに向けたのと同じ笑顔を俺に向け、頷いてみせる。

「それでは明日、お迎えに上がりますが、どうぞ日本でのご滞在を楽しまれますよう。ご希望がありましたらなんなりとお申し付けくださいませ」

今まで海外の取引先ＶＩＰを出迎えたことは何度かあり、そのたびにまるで決まり文句のようにこの言葉を繰り返してきた。俺にとっては社交辞令のようなもので、別れの挨拶に等しい重さしかなかったのだが、まさかこの言葉にロレンツォが答えてくるとは想像すらしていなかった。

「本当かい？」

「はい？」

それでは、と頭を下げかけた俺は、突然響いてきたバリトンの美声に思わず驚きの声を発しながら顔を上げた。

「希望するものを、君になんでも言えばいいのかい？」

にこ、とロレンツォが、魅惑的な笑みを俺へと向けてくる。

「ええ、勿論…」

Ａ社がなんとしてでも専属契約を結びたいというのがわかる、世の女性であれば百人が百人見《み》惚《と》れるであろう笑顔を前に、俺は大した考えもなく頷いたのだが、続くロレンツォの言葉にはまたも驚きのあまり、大きな声を上げてしまった。

「それなら君を」

「はい？」

聞き違えたかと問い返した俺に、ロレンツォが一歩を踏み出してくる。

「僕の希望するモノは君だ、と言ったんだ」

「………あの…？」

ジョークか何かのつもりだろうかと俺は、にこやかな笑みを湛えながらまた一歩、俺へと近づいてくるロレンツォを見返すことしかできないでいた。

「服を脱いで」

すぐ俺の前まで歩み寄ってきたロレンツォが、腕を組みじっと俺を見据えてくる。

「………え……」

まさか本気なのだろうか――射抜かれるような彼の鋭い視線を前に、俺は自分の身に何が起こっているのか理解できず、ただただその場に立ち尽くしていた。

3

「聞こえなかったかな？　服を脱いで、と言ったんだが」

ロレンツォに繰り返され、俺は彼が決して冗談を言っているわけではないことをようやく理解した。

「……あの……」

理解はしたが、だからといって『服を脱げ』などという命令に従うことはできないと、言おうとしたところにまた、彼の幾分不機嫌な声が降ってくる。

「君は僕が日本での滞在を楽しむためになんでもすると言った。あの言葉は単なる社交辞令だったのかい？」

「いえ、そういうわけでは…」

まさに社交辞令だったわけだが、とてもそうは言えないと俺は慌てて首を横に振った。

「それならすぐ服を脱いで。それを証明したまえよ」

ロレンツォの口調は居丈高《いたけだか》で、瞳には意地の悪い光が浮かんでいる。

やはり彼は俺に相当腹を立てていたということか、と俺は心の中で唇を噛んだ。

一週間前、本人を前にして『興味ない』と言ってしまったこともまだ気にしていた様子であったし、先ほどの会話で、彼がA社との契約を躊躇っているのは金目当てなんじゃないかというようなことを俺が言ったのにも、彼は相当むっとしていた。

その仕返しとばかりにこんな嫌がらせを言ってきたのだろうか。プライドを傷つけられたことを、俺を辱《はずかし》めることでお返しをしようとしているのだろうか。

「さあ、フィオーレ」

にっとロレンツォがまた、意地の悪い笑みを浮かべて俺を見る。

『フィオーレ』という呼び名も彼にとっては親愛の情を示すものではなく、単なる蔑称《べっしょう》なのかもしれないと思いながら、俺は一体どうしたものかと必死で頭を絞っていた。

服を脱ぐことでロレンツォの溜飲《りゅういん》が下がるのなら、脱ぐべきだろうかとも思うが、それなら、と行動に移すにはプライドが邪魔をしていた。

なんとか逃れる方法はないものかと黙り込んだ俺の前で、ロレンツォが聞こえよがしに溜め息をつく。

「やはり君は——君の社は、口ばかりだということなんだね」

「いいえ、決してそのようなことはありません」

やはりそうきたかと俺は、自分で自分の首を絞めることがわかっていながらにして、きっぱりとロレンツォに否定し首を横に振ってみせた。

「それならなぜ君は服を脱がない？」

言うと思った、と俺は内心、溜め息をついた。

「わかりました」

俺に辱めを与えるまで、ロレンツォは納得しないのだろう。こうなったらなるようになれだと、俺は自身のプライドに目を瞑《つむ》り、頷いたと同時に上着を脱ぎ始めた。

続いてネクタイを解《ほど》き、シャツを脱ぐ。ちらと目の前のロレンツォを見やると、彼は満足げに俺に向かって微笑んできた。

「……っ…」

カッと頭に血が上ったが、落ち着け、と自身に言い聞かせて俺は下着代わりのTシャツを脱ぎ、床に落とした。ベルトを外してスラックスを脱ぎ、下着一枚になってロレンツォの前に立つ。

「すべて脱いで」

まるでなんでもないことを命じるようにロレンツォがそう言ったのに、またも俺の頭には血が上ったが、ここまできたら何をするのも一緒か、と手早く下着を脱ぎ捨てた。

「……ほお」

ロレンツォが俺の顔から胸、そして下肢へと舐めるような視線を向けてくる。気がすんだかと俺は唇を噛み締め、いつまでもじろじろと俺の裸体を眺めているロレンツォの視線を受け止めていた。

「……美しい」

ロレンツォの視線が俺の顔へとようやく戻ってくる。きらきらと煌《きら》めく黒い瞳に見据えられ、美しいものかと心の中で悪態をついていた俺の胸は、どきり、と変な感じに脈打った。

「もう、よろしいでしょうか」

途端に頬に血が上ってくる。わけがわからない鼓動の速まりが俺の声を震えさせ、どうしたことかと思いながらも俺はロレンツォから目を逸《そ》らすと床に散らばる服を拾い上げようとしたのだが、そのとき足早に近寄ってきたロレンツォにいきなり腕を摑まれ、ぎょっとして俺は再び視線を彼へと向けた。

「え？」

「よろしいかって、よろしいわけがないだろう」

何を言っているんだと問い返そうとしたときには、なんと俺はロレンツォの腕に抱き上げられていた。

「ちょっと…っ」

「すべてはこれからだろう？　わかって言っているのだとしたら、君は相当焦《じ》らし上手だ」

軽々と俺を抱き上げ、速い歩調でロレンツォが向かった先は、奥のベッドルームだった。

「わっ」

どさっとまるで投げ出されるようにベッドの上に放られ、慌てて起き上がろうとしたところにロレンツォが覆いかぶさってくる。

「ちょっと…っ」

「さあ、フィオーレの花弁を見せておくれ」

何をするんだと抵抗する暇はなかった。いきなりロレンツォが俺の両脚を抱え上げたかと思うと、俺の身体を二つ折りにしベッドに押し付けてきたのだ。

「やめてくださいっ」

暴れようにも、不自然な姿勢が俺から抵抗を奪っていた。恥部をあますところなく灯《あか》りの下に晒《さら》され、羞恥《しゅうち》と言う言葉では追いつかないほどの恥ずかしさと情けなさが俺に怒声を上げさせる。

「やめる気はないね」

ロレンツォは俺の怒声を鼻で笑うと、俺の両脚を更に高く上げさせ、太腿《ふともも》に両腕を回し双丘を割ってきた。

「なっ……」

「やはり君の花弁は綺麗な色をしていた」

押し広げられたそこに、外気が触れる。ぞわ、と背筋を悪寒が走り、身体が竦んでしまった俺は、ロレンツォがゆっくりとそこへと——俺の後ろへと顔を近づけてゆくのを、呆然と見つめることしかできないでいた。

「ひゃっ…」

ぴちゃ、と濡れた音がしたと同時に、生暖かな感触が与えられ、俺の口からは得たこともない感覚に対する怯《おび》えの声が漏《も》れていた。ロレンツォがちら、と顔を上げ、目を細めて微笑んでくる。

「やめ…っ」

わざと長く出した舌を俺へと示したあと彼は、両手で押し広げたそこへと再び顔を埋めてきた。

「……っ……」

ざらりとした舌が内壁を抉《えぐ》るようにして嘗《な》め回す。今まで誰も触れたことのないそこへの刺激に、時折びく、と俺の身体が震える。わけのわからない反応にますます身体を強張《こわば》らせてしまいながら俺は、ぴちゃぴちゃと音を立て、貪《むさぼ》るようにそこを舐《ねぶ》るロレンツォが次に何をしようとしているのかと、先を案じ身を竦ませていた。

「フィオーレ」

さんざん後ろを舐ったあと、ロレンツォが顔を上げ俺に声をかけてくる。

「男と寝たことはあるかい？」

黒髪がはらり、と額に落ち、髪の間から彼の黒い瞳が俺を真っ直ぐに見つめていた。よく見ると長い睫に縁取られているその瞳は欲情に潤み、満天の星を映したかのごとくきらきらと煌めいている。煌めいているのは瞳だけではなく、唾液に濡れた彼の唇もまた艶やかな光を宿し、紅潮した頬と相俟って、ただでさえ物凄いフェロモンを感じさせる彼の整った顔を、この上なく淫蕩なものにしていた。

思わず見惚れそうになっていた俺は、

「ん？」

黒い瞳を細め、小首を傾げるようにして俺の顔を覗《のぞ》きこんできた彼に、はっと我に返った。

「あるわけがない」

こんな屈辱的な格好を無理強《じ》いしている男に見惚れるとは何事だ、という自身への憤りが俺の語調を厳しいものにした。

「それは光栄だな」

ロレンツォはぶっきらぼうな俺の言葉を気にする素振りもみせず、逆に言葉通《どお》りに本当に嬉しそうに微笑むと、身体を起し、俺の尻をまたぎゅっと摑んできた。

「やめ…」

ろ、と口を開きかけた俺は、いきなり押し広げられたそこに、ロレンツォが指を一本挿入させてきたのに息を吞んだ。ぐっと奥まで差し入れられた指が、ぐるり、と中をかき回すのに、一気に身体が強張ってゆく。

「本当に初めてのようだね」

青ざめた俺を見て、ロレンツォがまた嬉しげに目を細めて微笑んでみせる。何がそんなに嬉しいのかと悪態をつこうにも、後ろに入れられた指に内壁を押され、またもうっと息を吞んで身体を竦めた。

「君の美しい花弁の最初の征服者になれるとは、至上の悦《よろこ》びだな」

くすくす笑いながらロレンツォがぐい、とまた中の指を動かそうとする。

「……やめてください…っ…」

得たこともない異物感に、俺の身体はがたがたと震え始めていた。額に脂汗《あぶらあせ》が滲《にじ》み、呼吸も苦しく感じる。

「……どうしたの」

ロレンツォが指を収めたまま身体を起こし、上から俺の顔を見下ろしてくる。

「震えているね。怖いのかい？」

「……いえ…っ」

怖い――まさに今、俺ははっきりと恐怖の念を抱いてしまっていたのだけれど、元来のプライドが面と向かって問いかけられたその言葉を否定した。

「……」

だが真っ青な顔で、がたがたと身体を震わせていながらの否定は、すぐにロレンツォには虚勢を張っていると見抜かれたらしい。一瞬呆れた顔になったあと、ロレンツォは、くすり、と笑うと後ろから指を引き抜き、再び俺に覆いかぶさってきた。

「それは頼もしいね」

「………っ…」

彼の唇が俺の首筋から胸へと下りてゆく。いつの間にか俺の脚を放していた彼の手も俺の胸を這い、胸の突起を摘《つま》み上げてきた。

「やっ……」

電流のような刺激が背筋を上り、微かな声が唇から漏れる。そのときロレンツォの唇はもう片方の俺の胸の突起を捉《とら》え、強く吸い上げた。

「あっ……」

痛いほどの刺激に、またも俺の背筋を電流のような強烈な刺激が走った。間断なく指で、舌で、ときに歯で、両胸の突起を攻め立てられる俺の身体は今、恐怖とは違う震えに襲われていた。

「あっ……やっ……あっ……」

ぞわぞわとした刺激が下肢から這い上ってくる。認めたくないが胸への刺激は俺の身体を快感へと導いていた。

男の胸に性感帯があることなど、今の今まで知らなかった。人並みに女性経験はあるが、こんな風に自分が胸への愛撫に身悶え、声を漏らすことになろうなど、考えたこともなかった。

「んっ……んんっ……」

きゅ、と抓《つね》り上げられる感触に、ざらりとした舌に嘗め回される刺激に、身体は火照《ほて》り、上がる嬌声《きょうせい》は高くなる。

「やっ……あぁっ……」

胸を弄《いじ》っていたロレンツォの指が腹を滑り、既に熱を孕《はら》んでいた俺の雄を握り締める。

「やめ…っ……」

さすがに同性の手の中に収められたことなどないという違和感が俺の意識を一瞬素《す》に戻したのだが、勢いよく扱き上げてきた彼の手の動きを前にまた、俺は声を漏らし始めてしまっていた。

「あっ……やっ……あっ……」

先端を親指と人差し指で擦《こす》り上げながら、竿《さお》を残りの指で扱き上げる。零れる先走りの液を塗りこめるように鈴口をなぞられる刺激に、俺の身体はびくびくと震え、今にも達しそうなほどの昂まりが俺を襲っていた。

「あっ……あぁっ……あっ…」

ロレンツォが軽く胸の突起に歯を立てたあと、唇を下へと滑らせてゆく。そのまま彼の唇が手の中に収めた俺の雄へと辿りつき、今にも達しそうなそれを咥《くわ》えたとき、その口内の熱さに堪《たま》らず俺は、悲鳴のような声を上げてしまっていた。

「やぁっ……もうっ……あぁっ…」

ロレンツォの舌が俺の先端に絡みつき、繊細な指が竿を扱き上げてくる。口でされたことは勿論初めてではないけれど、ロレンツォの口淫《こういん》はなんというか、今まで体験したどの女性よりも繊細で同時に激しく力強いもので、俺を一気に絶頂へと導いていった。

「あぁっ……あっ…あっ…あっあっ」

もう駄目だ——堪《こら》えに堪えてきた射精のときを迎えようとしたそのとき、ずぶ、と後ろに再び指が挿入されてきたのがわかり、昂まりきった俺の身体は一瞬にして強張ってしまった。

「………」

ロレンツォが俺を口に含んだまま、ちら、と顔を見上げてくる。俺の視線を捉えたことを知り、勃ちきったそれを口から出した彼が、長く出した舌で裏筋を舐め下ろした刺激にまた、俺の身体はびく、と震えた。

「あっ……」

同時に後ろに挿れられた指が、ぐるり、と中をかき回す。

「やっ……」

また身体が強張りそうになったのに、ロレンツォは俺の先端を口へと含み、勢いよく竿を扱き上げた。

「あぁっ……」

ふわっと身体が浮くような絶頂感に襲われたと同時に、俺の中で彼の繊細な指がぐるりと蠢《うごめ》く。指先が入り口付近の、コリ、とした何かに触れたとき、俺の身体は今まで以上にびくっと大きく震え、一体何が起こっているのかと俺を慌てさせた。

ぐいぐいとそこばかりを圧するロレンツォの指がいつしか二本に増え、乱暴なくらいの強さで中をかき回し始める。最初違和感しか覚えなかった後ろへの刺激はいつしか、『快感』という明確な形を持ち、前への刺激と相俟《あいま》って俺を一気に絶頂へと引き上げつつあった。

「やぁっ……あっ…あっ…あっあっ…」

先ほど引き戻された頂点に今、俺は手をかけようとしていた。再び頭の中が真っ白になり、何も考えられなくなる。

「あぁっ……」

そのとき後ろから一気に指が抜かれ、前への刺激も止んだ。いつしか目を閉じていた俺は、もどかしさから己の腰がくねるのを恥じつつも薄く目を開いたのだが、そんな俺の目に、ジジ、とジーンズのファスナーを下ろすロレンツォの姿が映っていた。

「あっ……」

彼は下着をつけていなかった。ファスナーの間からは今まで見たこともないような黒光りする立派な雄が取り出され、俺は今自分の置かれている状況も忘れて、すごい、と思わずロレンツォが手の中に握り込んだその雄をまじまじと見つめてしまっていた。

「……力を抜いておいで」

ロレンツォが膝で俺へとにじり寄ってきたあと、両脚を開かせ抱え上げる。

「え…」

そのまま彼がその立派すぎる雄で俺の後ろをなぞり上げてきたのに、まさか、と俺は息を呑み、ロレンツォの動きを見守っていた。

「……力を抜いて」

低く囁きながら、ロレンツォがずぶり、と先端を俺の後ろへと挿入しようとする。

「……無理……っ……」

ぴり、と亀裂が走ったのを感じ、俺は激しく首を横に振って、やめてほしいという意思表示をした。

「大丈夫。力を抜いて」

ロレンツォが俺の片脚を放し、萎《な》えかけた俺を握ってくる。

「……無理だ……っ……そんな太いもの……っ…」

入るわけがないと俺は必死で首を横に振りながら、身体をずり上げ逃れようとしたのだが、

「あっ…」

勢いよく雄を扱き上げられる刺激に、俺の抵抗は一瞬にして止んだ。

「……ゆっくりいこう」

ね、とロレンツォが微笑みながら、俺の雄を勢いよく扱き上げる。

「……ゆっくり……っ…」

「そう、ゆっくり」

無意識のうちに彼の言葉を繰り返していた俺にロレンツォはまた微笑むと、言葉どおりゆっくりと腰を進めてきた。

「くっ……」

ずぶ、と彼の雄のかさの張った部分が俺の中に挿ってくる。物凄い質感にまた俺の身体に力が入りかけたのに、ロレンツォが俺の雄を扱き上げ身体の強張りを解いた。

「あっ……」

「大丈夫。さっきさんざん解《ほぐ》しただろう?」

俺の鈴口をぐりぐりと指の腹で擦り上げながら、ゆっくりと腰を進めてゆく。先の方が入りきってしまうと、あとは比較的スムーズにずぶずぶとそれは挿入されてゆき、すべてを収め終わったときにはもう、俺は苦痛を覚えていなかった。

苦痛どころかすべての感覚が失われているような気がする。太い楔《くさび》を身体の中心に打ち込まれているようだと息を吐いた俺の両脚をロレンツォは再び抱え上げると、ゆっくりと腰を前後し始めた。

「あ…っ……」

感覚を失っていたはずの後ろが、先端に擦られ熱を発する。摩擦《まさつ》の呼ぶ熱が次第にじわじわとそこから外へ、そして下肢から全身へと広がってゆくのを、俺はただ呆然と受け止めていた。

「…ん……っ……」

次第に律動が速くなり、摩擦熱が大きくなる。びく、と二人の腹の間で己の雄が脈打ったのに驚きを感じる間もなく、ぞわぞわと下肢から這い上る刺激に俺はいつしか声を漏らしていった。

「熱《あつ》っ……あっ……こんな……っ…こんなところ…っ…がっ……」

「………フィオーレ？」

どうも俺は日本語を発していたらしく、ロレンツォが腰の動きはそのままに、何を言いたいのかと眉を顰め、問いかけてくる。

「熱いっ……後ろっ……あっ……」

だがそのときの俺には彼が何を疑問に思っているのか思い測る余裕がなかった。次第に全身を焼き始めた熱が、俺を今まで体感したことのない快楽の絶頂へと導き、何も考えられない状態に陥《おちい》ってしまっていたのだ。

「あぁっ……あっ……あっ…あっ…」

既に激しいといっていいくらいに、ロレンツォの律動のスピードは速まっていた。パンパンと高い音が響くほどに下肢を打ち付けてくる彼の力強い突き上げに、俺の身体はびくびくと震え、勃ちきった雄からは先走りの液が零れ落ちる。

もともとセックスには淡白なほうで、得られる快感も射精のときの一瞬に過ぎないという俺の認識は、ロレンツォの突き上げの前にがらがらと崩れ落ちていた。

「やあっ……もうっ……もうっ……いくっ……」

脳が沸騰《ふっとう》するような快楽が俺を支配し、俺に高い嬌声を上げさせる。

「もうっ……あぁっ……もうっ……」

達したいのに達せないもどかしさに身を捩《よじ》り、両手を振り回す。そんなあさましい己の姿を自覚するより前に、ロレンツォが俺の雄を握り込み、腰の動きはそのままに一気に扱き上げた。

「あぁっ……」

ようやく解放される悦びの声が俺の唇から絶叫となって零れ、俺は彼の手の中に白濁した液をこれでもかというほどに飛ばしてしまっていた。

「くっ…」

射精したと同時に、後ろが壊れてしまったかのように激しく蠢いたのがわかる。その刺激にロレンツォも達したようで、ずしり、という精液の重さを感じ、俺は小さく呻いていた。

「………大丈夫?」

はあはあと息を乱しながら、ロレンツォがゆっくりと俺へと覆いかぶさってくる。

「あっ……」

ずる、と彼の雄が抜けたのと同時に、彼の放った精液がたらり、とそこから滴《したた》り落ちた。気《き》色《しょく》の悪いようないいような感覚に、びく、と震えた身体をロレンツォの逞しい腕がしっかりと抱き締める。

「フィオーレ。また可愛い声で啼《な》いてみようか」

「……え……」

息を乱す唇に触れるようなキスを落としたロレンツォが、再び俺の両脚を抱え上げ、後孔を露にする。

「あぁっ……」

早くも硬さを取り戻していた彼の雄が中へと挿ってくる。その刺激に俺の中で収まりかけた快楽の焔《ほむら》は再び熱く燃え盛り、それから俺はまた我を忘れ、ロレンツォの腕の中で彼の言うよう、高く『啼き』続けることになった。


「ん……」

酷く淫猥《いんわい》な夢を見たような気がして目を開いた俺は、自分が今いる場所がどこなのか、まるでわかっていなかった。

「……あ……」

だが室内を見回したとき、少しもなじみのないこの場所が高級ホテルの一室だと気づいたと同時に、これまでの記憶が怒涛《どとう》のように押し寄せてきて、俺は堪らずくるまれていた上掛けを撥《は》ね除《の》け、ベッドから身体を起していた。

むせ返るような精液の匂いが俺を包む。

このベッドで俺は、男に——ロレンツォに抱かれたのだ。

信じられない、とすべてを否定しようとしたが、何も着ていないこの状況が、疲れ果てたこの身体が、彼に抱かれたことを物語っていた。

なんということだ。男に抱かれ、気を失うほどの快感に身を委《ゆだ》ねてしまうなど、とても自分の身に起こったことだと信じられるものではない。

悪い夢だと思いたかったが、これが夢などではないことは己が一番わかっていた。

そんな馬鹿な——頭を抱えてしまった俺の脳裏に、ロレンツォのこの世のものとは思えぬほどの美貌がまざまざと甦ってくる。

『フィオーレ』

耳に心地よいバリトンを思い起こした途端、ぞくりとした何かが背筋を這い上ってきて、冗談じゃない、と俺は目を開き、慌ててベッドから降り立とうとした。

「……っ……」

よろり、とバランスを失い倒れそうになってしまったのを、両脚に力を込めて体勢を立て直す。満足に立てないほどに消耗しきった己の身体を見下ろした俺は、またも、「ああ」と頭を抱えそうになってしまった。

胸の突起は弄られすぎて紅く色づき、未《いま》だにぷっくりと勃ち上がっている。胸に、腹に、太腿に、いつの間につけられたのか、散りまくっている紅い吸い痕《あと》をつけたのが誰かを思うと、いたたまれない思いが俺を襲った。

　その張本人は――ロレンツォは今、どこにいるのだろうと室内を見回したが、彼の姿はどこにもなかった。今は彼と顔を合わせたくないと俺は、周囲を見回し、自分の服がベッドの近くに置いてあった椅子《いす》の上に綺麗に畳《たた》まれているのを見つけると、手早く――と言っても、普段の数倍時間がかかってしまったが――それを身につけ、よろける足を踏みしめながら部屋の外へと出た。

　次の間にもロレンツォの姿がないのにほっとしつつ、ホテルをあとにした俺の頭の中は真っ白だった。

　明日から、本格的にロレンツォのアテンドが始まる――『私がやります』と手を挙げた手前、やはり代わってほしいとは、とても社内的に言える状況ではなかった。

　どうすればいいんだ――時間はまだ午後八時にもなっていなかったが、とても電車で帰る気力はなく、タクシーに乗り込んだ俺はぼんやりと車窓の外、ネオンの煌めく銀座《ぎんざ》の街を眺めながら、大きく溜め息をついた。

　それにしてもロレンツォはどういうつもりで俺を抱いたのだろう。そもそも彼はゲイなのか。性的欲求で俺を抱いたのか、それとも自分を馬鹿にした俺を貶《おとし》めようとあんな行為に及んだのだろうか。

「……わからないな……」

　ぽつり、と呟《つぶや》いた言葉に運転手が「なんですか」と反応する。

「なんでもないよ」

そう、なんでもないことだ——運転手に答えた言葉を、自身に言い聞かせようとしても、やはり生まれて初めて男に抱かれたというショックはなかなか去ってはくれず、これからの一週間を如何に過ごすべきかを考えようとする思考は幾度も寸断され、数え切れないほどの溜め息が俺の口から零れ落ちた。

4

翌日、浜離宮での撮影許可は午前十一時から十六時まで取れているとのことで、当初の予定では俺は、十時にホテルにロレンツォを訪ねることになっていた。

あんなことがあっただけに、ロレンツォのアテンドを誰かに代わってもらおうかと俺は一晩悩みに悩んだが、理由を問われたときに答えることができないことに気づいて諦《あきら》めた。

犬にでも嚙まれたと思おう。二度とあのようなシチュエーションに陥らないよう気をつければいいことだ。ロレンツォもきっと一度で気がすんだのではないだろうか。

俺への腹立ちもあれで収まってくれるといいのだが――考えながらにして、無理があると我ながら思わないでもなかったが、俺の目の前にはA社との契約更新があった。なんとしてでもこの契約をまとめないと、部長相手にあれだけ大見得を切ってしまった手前引っ込みがつかない。

A社との契約を更新するためにはまず、ロレンツォとA社の契約をきっちり更新してもらわなければならないのだ。彼の機嫌を損ねることはどうしても避けたかった。

だからといって、自分の身体を差し出す気にはなれないよな、と俺は至極真っ当な考えを改めて抱きつつ、大きく溜め息をついた。

すんでしまったことは忘れよう、と前向きな思考のもと、俺はしぶしぶ汐留のホテルへと出向いたのだが、俺を待っていたのはロレンツォではなく、なんとあの、A社の社長秘書、男装の麗人のような美貌を誇るマルティーノだった。

「シニョール・花井」

「マルティーノさん、来日されてらっしゃったのですね」

エレベーターホールへと向かおうとしたところ、ロビーのソファに座っていた彼から声をかけられ、俺は思いもかけぬ彼の登場に驚き駆け寄っていった。

「ええ、社長命令です」

相変わらず濡れたような美しい瞳をにっこりと微笑みに細めると、マルティーノは俺に、

「どうぞファルコと呼んでください」

と初めてファーストネームを名乗った。

「それなら私はカズと」

「ロレンツォはあなたを『フィオーレ』と呼んでいるそうですね」

「え」

どうしてそのことを知っているのだ、と愛想笑いを浮かべた俺の頬がぴく、と引きつった。

「それが困ったことになっていまして」

ファルコが美しい眉を顰め、溜め息をつく。紅い唇から吐息が漏れる音を聞いた俺の身体は、ぞくり、と震え俺を慌てさせたが、続くファルコの話はそれ以上に俺を慌てさせるものだった。

「ロレンツォが撮影に行きたくないとごねているのです」

「なんですって?」

一体どういうことだと大きな声を上げた俺に、ファルコは淡々と、だがやや責めるような口調で現況を説明し始めた。

「私どもにはまるで理解できません。ただロレンツォは、気が乗らない、の一点張りで、理由は『フィオーレ』が知っているはずだと繰り返すのです」

「ええ?」

俺が何を知っているというのだ、と心底戸惑い、首を傾げた俺に、ファルコがその美しい顔を、ずい、と近づけてきた。

「何か昨日、彼の意に染まないことをなさったのではないですか?」

「そんなことは決して」

意に染まないどころか、とんでもないことをされたのはこっちだと言ってやりたかったが、できるわけもなかった。

「……ともあれ、私どもはもう困り果てているのです」

はあ、と大きく溜め息をついたファルコが、彼の前で言葉を失っている俺へとちらと視線を向ける。

「……様子を見てまいりましょう」

疑惑の色が濃い彼の眼差《まなざ》しに、本当に何も知らないのだと言いたくなるのをぐっと堪え、そう言いおくと俺は一人、エレベーターホールへと向かった。

撮影に行きたくないなど、一体ロレンツォはどういうつもりなのだろう。しかもその理由を俺が知ってるなどと、嘘をつくのもたいがいにしてほしいと思わずにはいられない。

俺が何を知ってるというのだと、半ば憤りつつ、最上階近い最高級のスイートの前に立った俺は、ドアチャイムを鳴らして応対を待ったが、いつまで待ってもドアが開く気配はなかった。

どうするかと迷った挙句、一度フロントに引き返し、社名を告げてカードキーを受け取った。ファルコはそんな俺の様子を心配そうに見やっていたが、俺が再びエレベーターホールへと向かうのに「よろしくお願いします」と頭を下げてきた。

ロレンツォの部屋のドアチャイムを鳴らしたが、やはり彼が応対に出る気配はない。仕方がない、と俺はキーを開け、部屋の中へと入った。

「ロレンツォさん？」

次の間にロレンツォの姿はなかった。ということは寝室だろうかとドアをノックしかけた俺の脳裏に、昨夜の己の痴態《ちたい》が甦った。

「………」

ロレンツォの身体の下で、女のように喘ぎまくった自分の声まで耳元に甦ってきて、思わず俺はその場に立ち尽くしてしまったのだが、今はそれより彼に撮影に行ってもらうのが先だ、と無理やり頭に浮かぶ像を追いやると、コンコン、と二度ドアをノックした。

「どうぞ」

不機嫌さを隠そうともしない声が室内から響いてくる。

「失礼します」

声をかけながらドアを開いた俺の目に、カーテンをすべて開けきった室内、明るい日の光の中、ベッドで半身を起しているロレンツォの姿が飛び込んできた。

昨夜、間接照明に照らされていた彼の裸体はこの上なくエロティックな雰囲気を醸し出していたが、こうして陽光の中で見るロレンツォの裸体は酷く健全でどこか神々しさを感じさせ、俺は一瞬自分が何をしにきたのかも忘れて彼の見事な裸体に見惚れてしまった。

「やあ、フィオーレ」

ロレンツォがぶすっとしながら俺に右手を上げてきたのに我に返った俺は、なんと挨拶したらいいのか暫し迷ったあと、

「ボンジョルノ」

やはりここは無難なものにしておこうとイタリア語でおはようといい、頭を下げた。

「ボンジョルノ」

ロレンツォも挨拶を返したあと、じろり、と俺を睨んでくる。睨まれるような覚えはないと思いつつ、俺はまず、何故彼が撮影に行くのを渋っているのか、その理由を明らかにしようと話しかけた。

「十一時から浜離宮での撮影がありますが、いらっしゃりたくないとおっしゃっているのは本当ですか？」

「ああ。君の心無い仕打ちに傷ついてしまったせいでね」

「は？」

言われた言葉の意味がまったくわからない。心無い仕打ちも何も、酷い目に遭《あ》わされたのは俺じゃないかと言う言葉が喉元まで出ていたが、口にする勇気はなかった。

「あの、私が何をしたと……」

それでも問いかけずにはいられなかった俺の前で、ロレンツォはさも傷ついたというように眉を顰めると、肩を竦め、大きく溜め息をついてみせた。

「君は昨夜途中で帰った。そのことにどれだけ僕が傷ついたと思う？」

「……」

そうきたか、と俺は天を仰ぎそうになった。芝居がかった仕草といい、わざとらしい口調といい、まだ彼は俺をいたぶり足らないと思っているらしい。

やはり昨夜の彼の行為は俺への嫌がらせだったのだ。あんな屈辱的な思いをさせたにも拘わらず、未だ気がすまないのかという憤りが俺の胸には渦巻いていたが、怒りのままに怒鳴り散らすという選択肢は俺に与えられていなかった。

「申し訳ありませんでした」

俺に与えられた選択肢は、『大人しく謝る』のみだった。予定どおり撮影が行われることが俺にとっての最優先事項である。

ロレンツォは撮影に行かない理由が俺にあるとA社に——ファルコに告げている。もしも本当に彼が撮影をすっぽかしでもしたら、俺が——我が社がロレンツォの機嫌を損ね撮影できなかったという事実が出来上がってしまうからだ。

頭を下げろというのならいくらでも下げようと俺は再び、

「本当に申し訳ありません」

と頭を深く下げた。

「償《つぐな》いをしてくれるというのかい？」

そんな俺の耳に、笑いを含んだロレンツォの声が響いてくる。

「……はい…」

何が償いだ、と内心唇を噛みつつ、大人しく頷いた俺の前で、ロレンツォがばさっと彼の下肢を覆っていた上掛けを剝《は》いだ。

「……………」

彼は全裸だった。昨夜の行為が甦り、思わず顔を背けてしまった俺にロレンツォは、常識を超えるようなとんでもない要請をしてきた。

「下半身だけ裸になって。こっちへおいで」

またその種の行為をしようとしているのか、と俺は再び天を仰いだ。

どうしよう――冗談じゃないと言い捨て部屋を出ていくか、それとも要請に従い服を脱ぐか。

理性で考えれば当然、このような要請に従ういわれはないし、即刻部屋を出るべきであろう。

だがそうした場合、俺はあまりに多くのものを失うことになりかねないということも、俺の理性が告げていた。

A社の信用。契約の更新。そして社内での俺の地位——それらを失うことを思うと、簡単に部屋を駆け出ることができないと俺は唇を噛む。

どうせ彼には昨夜さんざん辱めを受けているのだ。あと一回くらい、屈辱的な思いに目を瞑れないことはない。

逡巡した挙句に自分が導き出した結論に、俺は大きく溜め息をついた。人間としてどうなのだという己の声に耳を塞《ふさ》ぎ、ゆっくりとロレンツォへと視線を戻す。

「おいで」

ロレンツォが俺に向かい、真っ直ぐに腕を伸ばしてくる。もうなるようになれだと俺は、上着を脱ぐと、ベルトを外しスラックスと下着を手早く脱ぎ捨てた。

「いい子だ。フィオーレ」

ロレンツォが目を細めて微笑むのに、ゆっくりと近づいてゆく。

「ベッドに上がって。仰向けに寝て両脚を開いて」

ロレンツォは俺の腕を引いてベッドに導くと、相変わらず笑顔のまま恥ずかしい命令を口にした。

「……はい…」

言われたとおりベッドに寝転がり、両脚を開いて膝を立てる。

「素直だね」

くすっ、と笑って俺を見下ろしてきたロレンツォの顔が視界から消えた。

「え…」

彼が身体を移動させたのが俺の下肢へと顔を埋めるためだと気づいたときには、俺の雄は彼の熱い口内にあった。

「あっ……」

いきなりの行為に、息を呑んだのは一瞬だった。先端に巻きつく彼の舌に、竿を扱き上げてくる繊細な指の感触に、俺の息は一気に上がり、早くも嚙み締めた唇からは声が漏れ始めていた。

「あっ……んっ……んんっ……」

窄《すぼ》めた唇が竿を上下し、ざらりとした舌が先端を、そして裏筋を丁寧に舐め下ろし舐め上げる。睾丸《こうがん》を揉《も》みしだく指の動きが、鈴口を割る舌先が、何より熱い彼の口内が、俺をあっという間に絶頂へと導き、達するのを堪えることができなくなってきた。

「やめっ……あっ……あぁっ……」

早鐘のように打つ鼓動の音が耳鳴りとなり頭の中で響いている。俺の雄を口内で出し入れするちゅぷちゅぷという濡れた音が更に俺の興奮を増し、どんなに腰を引いて耐えようとしても我慢がきかなくなった。

「駄目……っ……もうっ……もうっ……でます……っ…」

さすがに口の中に出すのは悪いのではないかという遠慮から俺は、手を伸ばしてロレンツォの口から己を引き抜こうとしたのだが、ロレンツォはそんな俺の手をぎゅっと握ると、別の手で勢いよく竿を扱き上げ、先端を舌で締め上げた。

「あぁっ…」

堪えに堪えてきたが、その刺激にはいよいよ限界を迎え、俺はロレンツォの口の中にこれでもかというほど精を吐き出してしまっていた。

「……あぁ……」

はあはあと乱れる自分の息遣いと、耳鳴りのように響く己の鼓動の合間に、ごくり、という生々しい音が下肢から響いてくる。俺の放った精液を飲み下したのだと察したときにはロレンツォは俺を口から取り出し、まるで清めようとするかのように丁寧に舐め始めていた。

「やめ……」

再び熱を持ちそうになる己を、いつしか自由になっていた手を伸ばし俺は思わず彼から取り上げてしまったのだが、今度はロレンツォは俺の動きを制しようとしなかった。

「さて」

にこ、と微笑んだ彼の唇が濡れて光ってみえる。それが俺の残滓《ざんし》だと思うといたたまれなく、思わず顔を背けた俺は、不意に腕を摑まれぎょっとして視線を戻した。

「起きて」

ぐい、と腕を引かれて半身を起させると、ロレンツォはそれは魅惑的な笑みを浮かべ、俺に囁くような声で告げた。

「次は君の番だ」

「……え……」

意味を測りかね、呆然としていた俺の前で、ロレンツォはベッドの縁まで身体を移動させると、大きく脚を開いて腰掛けた。

「さあ」

言いながら彼が肩越しに俺を振り返り、既に勃ちかけている己の雄を摑んで示してみせる。

「…………」

君の番——同じことをやれ、という要請だったのかとようやく理解できたものの、できるかといわれればまたそれは別の話で、俺はその場に座り込んだまま呆然としてしまっていたのだが、ロレンツォはいつまでも俺を呆然とさせておいてはくれなかった。

「さあ」

幾分苛立った彼の声を聞いた途端、未だ呼吸の収まらない俺の胸に憤りが芽生えたと共に、仕方がないという諦めが俺を襲った。

ここまでやったんだ。やり続けるしかないじゃないかと自分に言い聞かせはしたが、やはり身体は正直というか、動作は自然とのろのろしたものになっていた。ベッドから降り、まるで指定席であるかのように、ロレンツォが示してきた彼の両脚の間に跪《ひざまず》く。

「教えたとおりにやってごらん」

頭の上で響いてくる声音がやたらと優しげなことに、また俺の胸には新たな憤りが芽生えたが、またも必死でその憤りを抑え込むと、俺は震える手で彼が握っていた雄を両手に包んだ。

「…………」

当たり前の話だが、同性のものをこんなにも間近に見たことはなかった。昨日俺をさんざん貫いたそれは、驚くほどの太さと長さを持っているように見えたが、膨張《ぼうちょう》していない状態でも見事であることに変わりはなかった。

これを口に含むのか――まさか自分がフェラチオをする日が来ようとは、と溜め息が込み上げてきたが、腹を括《くく》ったはずじゃないかとその溜め息を飲み下し、ぎゅっと目を閉じてロレンツォのそれを口に含んだ。

「……っ」

青臭い匂いが口に広がり、うっと吐き気が込み上げてくる。何も考えてはいけない。ただ彼にされたとおりのことをすればいいだけだと、俺は必死に口を、手を動かしたが、動作はぎこちないものになった。

「……んっ…」

それでも口の中でロレンツォの雄はあっという間に形を成していった。口に入り切らなくなり、俺は一旦それを口から出すと裏筋を、先端を舐め、手で竿を勢いよく扱き上げた。

「……口に入れて」

伸びてきたロレンツォの手が雄を摑み、俺の口へと導いてくる。

「……入らないのです」

大きすぎて口に含もうとすると、顎《あご》が外れそうだった。正直に申告したのに、ロレンツォは容《よう》赦《しゃ》がなかった。

「先のほうなら入るだろう？」

言いながら俺の唇に、先走りの液を零す先端を押し付けてくる。

「……はい……」

仕方ない、と俺はカリの部分を口に含んだのだが、なぜロレンツォがこだわったかはすぐにわかるところとなった。

「……んっ……」

彼の手が俺の後頭部に添えられ、しっかりと固定させられる。え、と思ったときには彼は自分で竿を勢いよく扱き上げ始めたのだ。

「……くっ…」

間もなく低く声を漏らして彼は射精し、俺の口の中には彼の放った精液が溢れた。

苦しい、と口から彼を離したいのに、ロレンツォの手は緩《ゆる》まない。飲めということなのかと気づいたのは、息苦しさに耐え切れず俺が、ごくり、と喉を鳴らして精液を飲み込んでしまったあとだった。

ようやく後頭部を押さえていたロレンツォの手が退いていき、俺は彼を口から離すと、床に両手をつき激しく咳《せ》き込んでしまった。

「大丈夫かい？」

ロレンツォが俺のシャツの背をゆっくりと擦《さす》ってくれる。親切ごかしとはこのことだと俺は、咳き込みすぎて涙の滲んでしまった目を擦り、憤りのままに彼を睨み上げた。

「さてと」

俺の視線を捉え、にっこりと微笑んだロレンツォが、ぽん、と俺の背を叩いて立ち上がる。

「それじゃ、撮影に行ってくる」

「……いってらっしゃいませ」

きびきびした所作でバスルームへと向かおうとする彼に、のろのろと立ち上がりながら、俺は我ながらおざなりな口調で挨拶を返した。

屈辱のあまり、俺の目には涙が滲んできてしまっていた。なぜにこのような理不尽な扱いを受けねばならないのだという怒りが胸の中で燃え盛っている。

「ああ、そうだ」

だがロレンツォが何か思いついたように脚を止め、肩越しに振り返ってきたときには、怒っていることを気づかれまいと俺は無理に笑顔を作っていた。

「はい」

「明日からの撮影も心配だったら、君がこの部屋に泊まり込むといいよ」

にっと微笑んだ彼が俺の、剥《む》き出しの下肢へと視線を向ける。

「……それはご命令ですか」

答える声が震えているのが自分でもわかった。まだこの男は俺をいたぶろうとしている――性的な嫌がらせで俺を貶めようとしているのだと思うと怒りで身体が震えてくる。

「いや。君の自由意志は尊重するよ」

決して俺が断らないだろうと見越したようにロレンツォは微笑み、バスルームへと消えていった。彼の姿が見えなくなった途端、俺はへなへなとまた床へと座り込み、憤りからどん、と強く床を叩いた。

いつまでこんな酷い仕打ちは続くのだろうか。今日までか明日までか。それとも滞在中一週間ずっとか。

とても耐えられない、と俺はまた、どん、と床を叩いた。

もう辞めてやる。上司になんと思われてもいい。ロレンツォのアテンドを他の人間に代わってもらおう。こんな屈辱、もう俺に耐えられない、と、どん、と床を叩く俺の目からは堪え切れない涙が零れ落ちていた。

辱めを受けて涙を流すなど、相手の思うツボじゃないかと俺は唇を噛み締め、指先で涙を拭《ぬぐ》い取る。

ふと時計を見ると、あと十五分で十一時になろうとしていた。こうしてはいられないと俺は自分で脱ぎ捨てた下着とスラックスを身につけると、先にフロントに降りているとロレンツォにメモを残し、彼の部屋をあとにした。

フロントではファルコがいかにも焦れた様子で一人座っていたが、俺が駆け寄り、ロレンツォを説得できたというと、ほっとした顔になった。

「本当ですか」

「はい。今、シャワーを浴びています。間もなくいらっしゃると思います」

「それはよかった」

ファルコは笑顔になったあと、ふと心配げに眉を寄せ、じっと俺の顔を覗き込んできた。

「あの、何か？」

容貌が整っている度合いで言うと、ファルコも決してロレンツォと遜色がなかった。一見女性にも見える美しい顔を間近に寄せられ、たじたじとなってしまった俺は、彼の問いかけに更に言葉に詰まることとなった。

「どうかなさいましたか？　頰に涙の痕が」

「……いえ、別に……」

まさか面と向かってそんなことを尋ねられるとは思っていなかった上に、泣いたことを気づかれた気まずさから俺は慌てて首を横に振り、無理に笑顔を作ってみせた。

「しかし…」

ファルコは尚も心配そうに俺の顔を覗き込んでこようとした、ちょうどそのとき、エレベーターホールからロレンツォが姿を現し、俺たちは顔を見合わせると彼へと駆け寄っていった。

「お疲れ様です」

ファルコが丁寧にロレンツォに頭を下げる。

「やあ、ファルコ」

ロレンツォのほうは気安い口調でファルコの挨拶に答え、彼の肩を叩いた。

「撮影が間もなく始まります」

「わかっている。ようやくその気になったところさ」

二人の間の会話は英語だった。普段はイタリア語を話していると思われるがどうも俺に気を遣ってくれているらしい。

気を遣うというよりは、嫌がらせに近いか——ロレンツォが「ねえ、フィオーレ」と微笑んできた顔を見た俺の頭にその考えが浮かんだが、もう少しの辛抱だと俺は無理に笑顔を作ると、

「それでは浜離宮にご案内します」

そう言い、ロレンツォを前に深く頭を下げた。

A社から美しい日本庭園で撮影がしたいという申し入れを受けたとき、一番に案として上がったのはここ、浜離宮だった。今まで国内は勿論、海外の映画の撮影にも用いられており、許可も比較的簡単に取ることができた。

桜の時期からは少しずれていたが、庭園内には八重桜《やえざくら》が咲き誇っており、撮影はそこで行われることになった。

今回のパンフレットの撮影のモデルはロレンツォ一人とのことだった。それを聞いて俺は、やはりこの撮影自体が、ロレンツォのご機嫌をとるためにセッティングされたものに違いないという確信を深めたが、今となってはもう、どうでもいいかという投げやりな気持ちになっていた。

撮影が終わったあと、社に戻って部長にアテンドを交代してもらうよう、俺は頼むつもりだった。あれだけ自分にやらせてほしいと、積極的に手を挙げた手前、やはりできませんでしたと言うのには勇気がいったが、これ以上の屈辱にはとても耐えられそうになかった。

バツが一回ついたくらい、すぐに挽回《ばんかい》できるだろう。このままロレンツォの性的な嫌がらせを受け続けるほうが余程精神衛生上よくない。もともとA社はヨーロッパブランドで、米国・アジア担当の俺にとっては管轄《かんかつ》外だ。欧州担当の桜井にノシをつけて返してやろう。

問題はどう切り出すかだな、と俺は撮影が始まらないのをいいことに、ひとりそんなことを考えていたのだが、そのとき周囲が急に慌《あわただ》しく動き出した。

「ロレンツォの準備ができました」

高く叫ぶ声がしたと同時に、ロケバスの中から彼の長身が現れる。

「………」

来々シーズンのものと思われる三つ揃えに身を包んだ彼の姿が庭園内に現れたとき、恥ずかしい話だが俺は思わず口を開けて見惚れてしまっていた。

絵になる、と言う言葉では言い尽くせないほど、ロレンツォの姿は際立っていた。八重桜の下、佇《たたず》む彼の周囲をレフ板が取り囲み、カメラのシャッターが次々に落ちる音が響く。

ロレンツォは少し微笑んだり、桜を見上げたり、また幹に片手をついたりしていたが、その動きの一つ一つが本当に美しく決まっていた。流れるような美しいフォルムでありながらにして、フラッシュが焚《た》かれる直前に彼の動きはぴたりと止まる。それが最も美しい——そして何より彼の身につけているスーツが映《は》えるポーズで、これがプロというものか、と俺は心の底から感服していた。

美しい容姿は生まれついてのものだろうが、ロレンツォにはその美貌に加えて絶対的な華があった。普段の彼はそれこそ百人がすれ違えば百人が必ず振り返るような強烈なオーラを放っている。

だが今、カメラの前に立つ彼からはその強烈なオーラ以上に感じられるものがあった。

それが彼が身にまとっているA社のスーツなのだった。

服に着られてしまうようでは論外だが、服を着こなし、なおかつその服を自身よりも目立たせるということができるモデルというのは、業界にどのくらいいるのかと思う。今まで仕事がら、何度かショーや撮影を見てきたが、ロレンツォほど自身の個性を消さずして、着こなしている服を前面に押し出してみせることができているモデルを、俺は一人も思いつかなかった。

A社がなんとしてでも専属契約をしたいと思うわけだ——そして他ブランドが、喉から手が出るほどに欲しがるわけだ、と俺はロレンツォの素晴らしさを今更のように理解していた。

これほどのモデルに対し、俺は契約継続を渋るのは金目当てなのか、などと失礼な物言いをしてしまっていたのかと思うと、冷や汗が流れてくる。

それ以前に『興味ない』とまで言ってしまった俺を、ロレンツォが許せないと思うのも、これだけ素晴らしい撮影風景を見たあとだけに、心から納得できた。

謝ろう——彼に受けた仕打ちはそれは酷いものであると思うが、何よりプロフェッショナルとしての彼を侮《あなど》るような発言をしたことをまず彼に謝ろうと俺は心に決めた。

ロレンツォが謝罪を受け入れてくれるかはわからない。何を今更、と鼻で笑われるかもしれないが、それでも謝るだけ謝ろうという決意を新たに俺は、時間が経つのも忘れてじっと撮影風景

に見入ってしまっていた。

桜の花の下でロレンツォが華麗に微笑み、美しいフォームで身につけているスーツが一番映えるようなポーズをとっている。

謝罪したいというより、彼の撮影風景に俺がどれだけ感動したか、それを伝えたいのかもしれないな。

ふと浮かんだそんな考えを、馬鹿な、と笑って否定しようとしたそのとき、視線を感じ目を上げた先、俺を真っ直ぐに見つめていたらしいロレンツォと目が合った。

「………」

ロレンツォがふっと微笑み、俺から目を逸らして桜の花を見上げる。

そのときなぜか俺の胸の鼓動はどきり、と変に脈打ち、頬に血が上ってきた。どういうわけだと胸に置いた手が細かく震えている。

プロフェッショナルの仕事ぶりへの感動だろうかと、大きく息を吐き出し呼吸を整えた俺はまだ、心の奥に隠された己の心情にまるで気づいていなかった。

機会を見つけてロレンツォに謝罪しようと今日これからのスケジュールを頭の中で思い返しながら、俺は桜の下で微笑む彼の顔を飽きることなく見つめ続けた。

5

撮影は予定どおり、昼食を挟んで十六時で終了した。夜は本部長がロレンツォを招待したいということで、部長と俺を交えての会食となっていた。

ロレンツォより特に予定を変更したいという申し入れがなかったため、俺は一度社に戻ってから改めて上司たちと会食場所であるホテルのチャイニーズレストランへと向かった。

約束の時間きっかりにロレンツォはレストランに現れた。今夜のロレンツォは随分上機嫌に見えたが、どうやらそれは、昼間の撮影が彼自身納得のいく仕上がりになりそうなことを喜んでいるかららしかった。

会食は滞《とどこお》りなく進んだ。一人三万円を超す高額な料理はさすがに美味で、もっぱら会話を本部長にまかせ——英語が堪能《たんのう》であることを自負している彼は、常に外国人との会議や会食では場を仕切りたがるのだった——俺は滅多に食する機会のない高級中華にこっそり舌鼓《したつづみ》を打っていた。

その店はワインの品揃えが自慢らしかったが、ロレンツォはワインよりも紹興酒《ショウコウシュ》を飲みたいと言い、皆がそれに倣《なら》った。今夜の会食の席では俺が一番の下っ端となるため、何かのときの用心に俺自身は殆ど酒を飲んでいなかった。

ロレンツォは紹興酒の入っていた陶器の瓶がことさら気に入ったようで、数本飲み干したあと、部屋に持って帰りたいと新たな一本を注文していた。勿論支払いは当社もちである。

「それでは日本でのご滞在をお楽しみください」

会食は殆ど中身のないような話しかされず、和《なご》やかな雰囲気のうちに終わりを迎えた。というのも事前に俺が本部長に、ロレンツォは随分A社との契約にナーバスになっているようなので、突っ込んだ問いかけは避けたほうが賢明だと進言していたからだった。

「楽しかったよ」

ロレンツォはかなり紹興酒を飲んでおり、黒い瞳が酔いに潤《うる》んできらきらと輝いていた。綺麗だなと思わず本部長たちと挨拶をする彼の顔に見惚れてしまっていた俺は、不意に彼が俺へと視線を向けてきたのに、はっと我に返った。

「ときに彼と少し、明日からのスケジュールを打ち合わせたいのですが」

「え…」

何を言い出したのだと眉を顰める間もなく、本部長が満面に笑みを浮かべて大きく頷いていた。

「どうぞどうぞ。我々はここで失礼しますが、花井は残しますので」

俺の都合も聞かずに勝手に了承されたことに一瞬唖然となったが、いい機会かもしれないと考え直した。ロレンツォが何を思いこんな申し出をしてきたのかはわからないが、俺もプロのモデルとしての彼を侮った発言をしたことを謝りたかったのだ。本部長と部長が同席する席ではとてもその話題を出すことができなかったので、二人で話をしたいという彼の要請は俺にとっても渡りに船、ともいえるものだった。

「それじゃ花井君。あとは頼んだ」

「はい」

本部長がぽん、と俺の肩を叩き、部長を伴ってレストランをあとにする。

「場所を変えましょうか」

コーヒーでも飲もうかという意味で俺はロレンツォに問いかけたのだが、ロレンツォは俺の問いに笑顔で頷くと、店の人が紙袋に入れてくれた紹興酒の瓶を手におもむろに席を立った。

「ラウンジでコーヒーを飲まれますか？　それともバーにしましょうか」

俺も席を立ち、早くも歩き始めたロレンツォのあとを追う。ロレンツォは背中から声をかけた俺を肩越しに振り返るとひとこと、

「部屋に帰ろう」

さも当然のことを言うようにそう告げ、そのまま足を速めた。

「あの…」

部屋か――あの部屋で彼に為《な》されたことを考えると、入るのは正直足が震える思いがしたが、ロレンツォは俺にNOと言う権利を与えなかった。

仕方がない、と俺は彼のあとを追いながら、いかにして謝罪を切り出すかを考え始めた。

部屋に戻るとロレンツォは俺を振り返るでもなく、真っ直ぐに寝室へと向かっていこうとした。

「あの、ロレンツォさん」

そのままついていくことはさすがに躊躇われ背に呼びかけると、ようやく彼の足は止まった。

「ん？」

だが彼は俺を向き直ることはなく、肩越しにちらと見やっただけだった。顔を向けてもくれないとは先ほどまでは上機嫌であったのに、何か不快を感じることでもあったのだろうかと案じつつも、まずは謝罪だ、と俺は彼の前で深く頭を下げた。

「申し訳ありませんでした」

「何？」

頭の上からロレンツォの、少し驚いた声が響く。

「先日は大変失礼なことを申し上げてしまい、申し訳ありませんでした」

「……」

ロレンツォは何も言う気配がない。頭を上げると彼はいつの間にか俺へと向き直っていたが、じっと俺を見下ろすその端整な顔には殆ど表情がなかった。

怒っているようにも見えるし、戸惑っているようにも見える。リアクションがないのは不安だったが、『許す』という言葉を聞くまでは謝り続けようと俺は再び深く頭を下げた。

「本当に申し訳ありませんでした。今日、撮影を見学させていただいて、あなたがどれだけ素晴らしいモデルであるかを、恥ずかしながら改めて認識させていただきました。私の失言にあなたがお怒りになるのももっともだと思います。心から反省しておりますので…」

「フィオーレ」

申し訳ないと思う気持ちをなんとかわかってもらおうと、切々と訴え続けていた俺の謝罪は、突然頭の上から降ってきたロレンツォの声に遮られた。

「はい？」

顔を上げ、改めて彼を見る。

顔を上げた瞬間、俺を見下ろすロレンツォの瞳の中に、暗い影が宿っているように見えたが、次の瞬間俺の目は、彼の美貌が華麗な笑みに綻ぶ様を捉えていた。

そう、ロレンツォは――笑っていた。だがその笑みは、俺の謝罪を許すという慈愛を感じさせるものというよりはむしろ――。

「そんな殊勝な言葉は君には似合わない」

肩を竦めて言い捨てたその言葉どおり、嘲笑、としかいえないものだった。

「ロレンツォさん」

「ロレンツォと呼べと言ったはずだよ」

取り縋《すが》ろうとしたのを、ぴしゃりと撥ね除けた彼の手が、真っ直ぐに俺へと伸びてくる。

「ロレンツォ、本当です。本当に私はあなたに謝罪をしたいと…」

「僕が君に求めているものは謝罪ではない」

言いながらロレンツォが俺の腕を摑み、にっと笑いかけてくる。

「……っ」

痛みに顔を顰《しか》めるほどのその強い力に、酷薄そうに細められた黒い瞳に、俺は思わず息を呑み彼を見返してしまった。

「おいで、フィオーレ」

ロレンツォが歌うような口調でそう言い、俺を引き摺《ず》るようにして寝室へと向かってゆく。

「……あの……」

まさか――昨夜から彼に為された行為のいちいちが頭に甦り、二度とあのような体験はしたくないと俺は必死でその場に留まろうとしたのだが、ちらと俺を振り返ったロレンツォの顔に苛立ちの表情を見出したのには抵抗する勇気を失った。

「言ったろう？　君に求めているのは謝罪などではないと」

それなら何を求めているのか――聞かずとも数秒後には俺はそれを察することになった。既にメイキングのすんだベッドの前まで俺を引き摺っていくと、ロレンツォはようやく俺の腕を放し、挨拶をするかのような軽い口調で俺に命じた。

「服を脱いで」

「……………」

彼が俺に求めていたのは、やはりその種の行為なのか――あの程度の謝罪では許すことなどできないということなのかと俺は重ねて詫びようとしたが、口を開きかけたときにはロレンツォは俺に背を向けていた。

彼は片手にレストランで貰《もら》った紹興酒の入っていた紙袋を提げていたのだが、ベッドサイドのテーブルにそれを下ろすと中から瓶を取り出している。

「ロレンツォ、あなたには本当に申し訳ないことをしたと心から反省しています。どうか許してください」

謝意は勿論あったが、何より今はまたあの屈辱的な行為を避けたかった。まだ俺への怒りが解けてはおらず、それゆえ性的な嫌がらせをしようとしているのであれば、なんとか考え直してほしいと俺は彼の背に縋らんばかりの勢いでそう詫びたのだが、くるり、と俺を振り返ったロレンツォが告げた言葉は――。

「脱がしてほしいということかな？」

俺の謝罪を冷たく撥ね除けるそんな、非情なものだった。

「ロレンツォ」

「僕はそれほど気が長いほうではない。どうする？　自分で脱ぐかい？　それとも僕に脱がしてほしいと？」

彼の眉間《みけん》にはくっきりと縦皺《たてじわ》が刻まれていた。真っ直ぐに俺を見据える瞳はぎらぎらとした光を湛えていて、彼の本気を――そして俺への怒りを物語っていた。

「お願いです。ロレンツォ。どうしたらあなたに許してもらえるのです」

泣き落としを、と思ったわけではない。彼のあからさまな怒りの表情を前に、情けないことに俺の足は本気で震え始めていた。

怖い――服を脱げということはまた、彼に抱かれるということだろう。昨夜の己の痴態がこれでもかというほど頭に甦ってくる。

苦痛よりは快楽を貪ったといったほうが正しいが、それだけに受け入れられない行為だった。

男に抱かれ――力強い突き上げに喘ぎ、太い雄に貫かれて感じる自分は、俺の許容の範囲にない。

アイデンティティーの崩壊は俺にとっては肉体的な苦痛よりもより辛《つら》さが勝るものだった。それゆえ俺は我ながら必死の形相でロレンツォに取り組ったのだが、ロレンツォは俺の懇願をいとも簡単に切り捨てた。

「どうしたら許してもらえるか、君が一番わかっていると思うけれどね」

ロレンツォの黒い瞳が微笑みに細められる。彼の目の中には怒りの焔とはまた違う、新たな炎の影があった。

そう、あれは昨夜俺を組み敷いたとき――そして今朝、俺に口淫を強要したときにも彼の目の中にあった、欲情の焔――。

「どうする？　フィオーレ」

ロレンツォが一歩俺に近づき、顔を覗き込んでくる。

『お断りします』

きっぱりと言い放ち、この部屋を出ていくか。

今朝彼のものを咥えさせられたとき、もう我慢できないと俺は、すべてを投げ打ち、アテンド役を降ろさせてもらおうと思っていた。

ここで彼の淫らな申し出を拒絶したら多分、自ら動かなくても俺はアテンド役から下ろされるだろう。下手《へた》をすると我が社とA社との契約も反故《ほご》にされる可能性がある。

どうする――？

受けられるわけがないだろう、という己の声が頭の中で響き渡る。また屈辱に身を焼く行為に甘んじるつもりかと、自身を叱咤《しった》する声に従い、やはりよそう、と首を振りかけた俺の脳裏に、ふと、昼間見た八重桜の下で微笑むロレンツォの姿が甦った。

「……」

震いつきたくなるような美貌。世の男性すべてが羨《うらや》む見事な肢体。トップモデルとはかくあるべしという真摯な姿――時間を忘れるほどに見惚れてしまったその姿が頭に浮かんだとき、動きかけた俺の動きはぴたり、と止まった。

「フィオーレ？」

黙り込んだ俺をせかすようにロレンツォが俺の名を――彼が名づけた俺の名を呼ぶ。その声に誘われるように顔を上げた俺の目の前には、煌めく黒い瞳を真っ直ぐに俺へと向けてくるロレンツォの美貌があった。

散りかかる桜の下、完璧なポージングをし、俺に尊敬の念を抱かせた昼間の彼の姿が、淫蕩な眼差しを俺へと向けてくる今の彼の姿にぴたり、と重なって見える。

「さあ」

欲情に潤む夜の瞳と、真摯な光を湛えていた昼間の彼の幻の瞳――現実と幻、四つの瞳に見つめられる錯覚に陥っていた俺の胸はなぜだかそのとき、自分でもどうしたのかと思うくらいに高鳴ってきてしまっていた。

「フィオーレ、どうする？」

呆けたように何も答えない俺に、ロレンツォが苛立ちをかくせぬような声で同じ問いをかけてくる。

どうする——迷うことなどない、断ればいいのだという真っ当な答えを告げる己の声はもう、耳鳴りのように頭の中で響く鼓動に紛れて聞こえなくなっていた。

「フィオーレ」

答えを促そうと、ロレンツォがまた、俺の名を呼び、じっと俺を見つめてくる。

ロレンツォの煌めく黒い瞳に魅入られてしまったのだろうか。気づいたときには俺の首は、こくり、と縦に振られていた。

「ほお」

俺自身を驚かせた俺の選択は、ロレンツォをも驚かせたようだった。長い睫に縁取られた瞳が一瞬大きく見開かれる。だがその瞳はすぐにまた、にやり、といういやらしげな微笑に細められ、形のいい唇が意地の悪い言葉を告げた。

「裸になったらベッドにうつ伏せになって僕に向かって腰を上げてごらん」

命じられた内容を理解するのに数秒を要したのは、信じがたいほどに恥ずかしい行為だったからだった。自分がそんな格好をするのかと思うだけで、頭にカッと血が上り指先がぶるぶると震えてくる。

いくらなんでもあんまりだ、と俺は顔を上げロレンツォを見たが、俺の恨みがましい視線を彼は笑顔でかわすと「さあ」と俺を促《うなが》し微笑んでみせた。

「……」

　仕方がない——よく考えれば『仕方がない』ことなどまるでなかったというのに、そのときの俺の思考力は著しく落ちていたに違いなかった。たいしてアルコールを飲んだわけでもないのに、何故かロレンツォを前にするとまるで熱に浮かされたようになり、何も考えられなくなってしまう。まともな判断ができなかったが故に俺は、もうここまできてしまったのだからと唇を嚙《か》み、震える手で服を脱ぎ始めてしまっていた。

　上着を、シャツを、スラックスを脱ぎ、靴下と下着も脱ぎ捨てる。室内は柔らかい光に包まれていたが充分に明るく、俺はせめて灯りを消してもらおうと口を開きかけた。

「あの…」

「次はどうするんだったかな？」

　俺の声にロレンツォの笑いを含んだ声が重なる。

「何？」

「あの、灯りを……消してほしいのですが」

「何を馬鹿な」

　俺の申し出をロレンツォは高らかに笑って拒絶した。

「できればこんな間接照明じゃなく、もっと明るいライトを運び入れたいくらいだというのに、灯りを消してほしいだなんて君は馬鹿なことを言うね」

「……」

日本人は明るい部屋の中で裸になどならない、慎み深い人種なのだと言ってやろうかと思ったが、彼の命令に屈し服まで脱いでいる俺に今更そんな抵抗ができるものでもなかった。

「冗談はいいから。さあ。ベッドに上がって。腰を上げて」

ロレンツォとて俺が冗談を言っているとは思っていないに違いないのに、笑いながらそう言うと目でベッドを示してみせる。

彼の俺への怒りは根深いということなのだろうか。こうまで貶めずにはいられないほどまだ腹立ちが収まっていないということなのか。

そう思ったとき、俺の胸にはひどくやるせない思いが芽生えたが、何よりどうしたら彼の怒りを解くことができるかを考えるのが先決だと思い直し考えを進めようとした。だが今、自分が求められていることをするのが最低条件だということは考えるより前からわかっていた。

「…わかりました」

答えた声が自分でも震えているのがわかった。ベッドへ向かう脚も相変わらず震え続けている。うつ伏せになり腰を上げろと言われたが、とても言われたとおりの姿勢をとることは恥ずかしくてできず、四つん這いになりこれでいいかと、肩越しにロレンツォを振り返った。

「手はつかなくていいよ」

ロレンツォが微笑みながら、ゆっくりと俺へと近づいてくる。言われたものの少しも動けないでいる俺へと彼の腕が伸びてきて、身体を支えていた両手を摑まれた。

「頭も下げて」

歌うような口調でロレンツォはそう言うと、俺の両手を折った。頬がシーツで擦れる。

「次はほら、脚を広げて」

ロレンツォが身体を起し、今度は俺の両脚を摑む。

不格好に腰だけ上げさせられた状態で、その上両脚を大きく開かされるという屈辱的な姿勢に、やりきれなさから俺は今にも叫び出しそうになっていたのだが、そのときロレンツォの両手が俺の双丘を割ってきた。

「……っ」

ぎょっとしたあまり上がりかけた声が喉の奥へと飲み込まれる。

「綺麗な色だね」

押し広げられたそこにロレンツォの息がかかった。ぞわ、とした何かが俺の背筋を這い上る。

「灯りを消すなどもってのほかだよ。君の花弁の美しい色を見ることができなくなるのだからね」

「……やっ……」

ずぶ、と何かが――ロレンツォの指だとすぐにわかった――挿入されたのに、俺の身体は一瞬強張ってしまったのだが、中でその指がぐるり、と内壁を抉るように動いたのにまたもぞわり、とした刺激が下肢から這い上り、ふうっと力が抜けていった。

「君のここは本当に美しい色をしているんだよ」

言いながらロレンツォがもう一本指を挿入し、二本の指でそこを広げる。

「君にも見せてあげたいな。そう、今日撮影のときに見たあの、桜の花の色よりもまだ美しい」

「……あっ…」

ロレンツォの二本の指が、俺の中をかき回す。ぞわぞわした刺激が次第に全身を覆っていくのに戸惑いを覚えていた俺は、ロレンツォのもう片方の手が前へと回り、雄を握り締めてきたのに、びく、と大きく身体を震わせてしまった。

「……もう、後ろで感じてるんだね」

俺の背に覆いかぶさり、耳元に唇を寄せてきたロレンツォが、くすり、と笑いを漏らす。

「触る前から硬くして。意外に君は淫らなんだな」

「そんな…っ」

嘘だ、と言いたかったが、いきなりロレンツォに前を扱かれ、俺は息を呑んだ。

「やっ……あっ……」

前を、後ろを間断なく攻められるうちに息が上がり、噛み締めた唇から堪え切れない声が漏れ始める。

「あっ……やめっ……あっ……」

胸の鼓動が速まり、全身にじっとりと汗が滲んでくる。昨夜俺を捉えた快楽の波が、今夜またすぐ近くまで押し寄せてきていた。

ロレンツォは嘘を言ったわけではなかった。後ろを弄られているだけで俺の雄は熱を孕んでいたことに、俺は必死で気づかぬふりをしていただけだ。彼にいやらしい言葉を囁かれ、後ろをかき回されることに興奮してしまうなど、俺にはとても受け入れることができなかったのだった。

「やっ……あぁっ…あっ…あっ…あっ…」

いつしか後ろに挿れられた指は三本に増えていた。後ろで彼の指は、ぐちゃぐちゃと乱暴なほどの勢いで蠢き、前では繊細さすら感じさせる滑《なめ》らかさで先端を擦り、竿を滑る。いつしか俺の口からは高い嬌声が零れ、内股はぷるぷると震えて自力では立っていられなくなってきた。

「あっ……あぁっ…あっあっあっ」

もう駄目だ——達してしまう、と俺がぶるっと身体を震わせたそのとき、いきなり前後からロレンツォの指が退いていった。

「…あっ…」

絶頂直前で放り出されてしまったような感覚に陥り、我知らず驚きの声を上げた俺の耳元で、ロレンツォがまた、くすりと笑う。

「拍子抜けしたのかい？」

「……っ…」

的を射た言葉なだけに、頬にカッと血が上ったが、悪態をつく余裕はなかった。後ろはロレンツォの指を惜しむようにひくひくと蠢き、今にも達してしまいそうなほど勃ちきった雄からは、ぽたりと先走りの液が零れ落ちている。腰がくねりそうになるのを、まるで商売女のようだと必死で堪えていた俺の耳元で、ロレンツォはさも楽しくてたまらないというようにまた、くす、と笑うと、耳朶に触れるようなキスをして身体を起した。

「君があんまりいやらしく乱れるから、せっかくの趣向を忘れそうになってしまった」

「……え……」

趣向――なんのことだ、と俺は両手をついて身体を起しロレンツォの姿を目で追おうとしたのだが、

「動かないで。そのままの格好でいるように」

肩越しに振り返ったロレンツォに注意を施され、仕方なくまたもとのように、頭を下げて腰を突き出すという恥ずかしい姿勢に戻った。

「いい子だ」

ロレンツォの笑い声が室内に響く。開いた両脚の間からこっそり後ろを窺《うかが》い見られないわけではないのだが、そうすると勃ちきった自身の雄が目に入ってしまう。直視するのはやはり耐えがたく、俺はシーツに顔を埋め、耳をそばだててロレンツォがどんな『趣向』を凝《こ》らそうとしているのか必死で探ろうとしていた。

カタン、とベッドサイドのテーブルに何かが置かれた音がする。

「君はディナーの席で殆ど飲んでいなかったろう？」

ロレンツォの言葉と同時に、ポン、とコルクが抜かれる音がして、そういえば彼は紹興酒の瓶を持ち帰ったのだったということを俺は思い出した。

「上役に気を遣っていたのかな？　こんなに美味《おい》しい酒を飲まないのは気の毒だと思ってね」

ロレンツォがまたゆっくりと俺へと近づいてくる気配が背後から伝わってくる。

「それでテイクアウトをお願いしたのさ」

「ひっ……」

背後にロレンツォが立ったと同時に、尻に冷たいものが押し当てられ、驚いたあまり反射的な悲鳴が口から漏れた。

「失敬。冷たかったか」

紹興酒の陶器の瓶はすぐに俺の尻から外された。ふふ、と笑ったロレンツォの声がやたらと昂まっているのは気のせいだろうか――嫌な予感がする、と禁じられていたにも拘わらず、再び手をつき背後を振り返ろうとしたそのとき、いきなりロレンツォの手が俺の尻を摑み、広げたそこへと瓶の口を捻《ね》じ込んできたのに、俺は正真正銘、悲鳴を上げてしまっていた。

「やめろーっ」

「どうして？　飲ませてあげるよ」

ぐっと瓶の口が挿《さ》し入れられ一気に傾けられる。酒が流れ込んできたと同時に、そこに焼けつくような熱さを感じた。

「熱いっ……熱いっ……」

じたばたと手脚を動かし逃れようとしても、ロレンツォはしっかりと俺の背を押さえ込み、瓶を固定し続ける。

「やめて……っ……やめてくれっ…」

のたうちまくるほどの熱に冒され、何も考えられなくなる。ただやみくもに暴れまわるうちにどさりと身体が倒れた。

「おっと」

瓶の口が後ろから外れ、酒がシーツに流れ落ちる。

「花弁だけじゃなく、雄蕊《おしべ》にも飲ませてあげようか」

身体の内を焼く熱さにシーツを摑み、身悶えていた俺の頭の上で、ロレンツォの楽しげな声がし、俺の雄へとどばどばと酒が注がれる。

「熱いっ……」

中だけでなく、前もひりつくような熱さに襲われたとき、俺の思考はぷつりと途切れた。

「あぁっ……」

痛みや苦痛——とは違う、まさに『熱い』としかいいようのない感覚に俺はベッドの上で悲鳴を上げながら一人転がりまくっていた。

焼けつく熱さに襲われた後ろは、収めてくれる何かを求めてまるで壊れてしまったかのようにわななき続け、前はひりひりとした痛みスレスレの熱に震え続けて、今にも爆発しそうになっている。

「フィオーレ」

遠いところで呼びかける声が聞こえ、薄く目を開いた俺へと、いつの間に服を脱いだのか、全裸になったロレンツォがゆっくりと覆いかぶさってきた。

「少し刺激が強すぎたようだね」

悪かった、と少しも謝意を感じさせない口調で詫びた彼が、俺の両脚を抱え上げる。

「あぁっ……」

俺の目が彼の、勃ちきった雄を捉えたと思ったときには、立派なそれはずぶずぶと俺の中へと挿っていた。

「……本当に熱いな」

ゆっくりと挿入しながらロレンツォが、苦笑するように微笑んでくる。

焼けるような熱さを感じていた後ろはロレンツォの雄に、少し収まりをみせたのだが、ぴた、と下肢同士が合わさったあと、いきなり始まった激しい律動が生む摩擦にまた、新たなる熱を呼び起こした。

「やぁっ……」

呼び起こされたのは熱だけではなかった。焼けつくような熱さが、奥底まで突き上げられる彼の雄の感触が、俺を一気に絶頂へと——今まで体感したことのない、快楽の極みへと引き上げ、頭の中が真っ白になった。

「あぁっ……あっ…あっ…あっ」

あっという間に俺は達し、白濁した液を吐き出したが、俺の雄は未だ硬度を保ったままだった。二度目の絶頂はすぐにやってきたが、それでもまだ俺の身体の熱は冷めず、すぐ三度目のオーガニズムが巡りきた。

「あぁっ……もうっ……もうっ……助けて……っ」

ずんずんと奥底を突き上げてくるロレンツォの雄のみが、俺の熱を冷ましてくれるような錯覚に俺はいつしか陥っていたが、実は彼の雄こそが、俺に焼き尽くすほどの熱を与えていた。

「……フィオーレ」

掠《かす》れた声で俺の名を呼び、ゆっくりと覆いかぶさってくる彼の背を俺は両手両脚で抱き締め、助けてくれ、と繰り返した。

「許して……っ…もうっ……あっ…あっ…あっ…」

助けを求めていたはずが、いつしか許しを乞《こ》うていたということにも気づくことなく、俺は彼の背に縋りつき、自ら腰を激しく動かし、大声で叫び続けた。

「あぁっ……」

喘ぎすぎて呼吸が苦しくなった俺の唇を、ロレンツォの唇が塞ぐ。

「……ゆるし……っ…」

貪るようなくちづけが俺の呼吸を更に困難にした。息苦しさから薄く開いた目の前に、ロレンツォの煌めく黒い瞳がある。情熱的な光を湛えた彼の瞳に見つめられるうちに俺の意識は薄れ、いつしか俺は彼にしがみついたまま、気を失ってしまったようだった。


「フィオーレ」

ぺし、と頬を叩かれ、うっすらと目を開いた先、俺を見下ろすロレンツォの黒い瞳が飛び込んできた。

「………」

ぼうっとしてしまって、何も考えが頭に浮かばない。

「気分は？」

気分——ロレンツォの問いかける英単語の意味を解するのに、普段の十倍以上の時間がかかってしまっていた。

気分は——酷く身体が疲れていた。喉も痛い。そして——次第にはっきりしてきた意識の下、今まで自分が如何なる状況下にあったかということを思い出し、俺は思わずがば、と起き上がりかけたのだが、ロレンツォの手がそれを制した。綿《わた》のように疲れた身体では彼の意のままになるしかなく、その手を払いのけることすらできない。

あんな——あんな酷い、あんなにはしたない行為を強いられたのは初めてだった。屈辱に身が震えると同時に、そのはしたない行為に意識を飛ばすほどに乱れた自分に対する嫌悪の念が込み上げてくる。

「大人しく寝ていたほうがいい」

今更親切ごかしに何を言うのだ、と俺は、俺にそのはしたない行為を強いた男に——ロレンツォに非難の視線を向けたのだが、ロレンツォはそんな俺に、にこ、と微笑み、再びゆっくりと手を伸ばしてきた。

「……っ…」

次は何をされるのだ――身構えた俺の目の前で、彼の手がぴたり、と止まる。

「安心していい。今夜はもう何もしないさ」

余程俺の顔が強張っていたのか、ロレンツォは苦笑するように笑うと、俺の額にかかっていた前髪を梳《す》き上げた。

「おやすみ。フィオーレ」

そうして露にした額をロレンツォはどこか傷ついたような目で一瞬見下ろしたあと、つ、と人差し指の先で触れ、立ち上がって部屋を出ていった。

バタン、とドアが閉まったと同時に室内の明かりがすべて消える。視界を閉ざされた中、それでも俺は自分がホテルに備え付けのパジャマのような上着を身につけ、行為に耽《ふけ》ったほうではない、綺麗にメイキングされた清潔なベッドに寝かされていることに気づいていた。

「…………」

どういうことなのだろう――無茶な行為を強いていた先程までの彼とはうってかわった思いやり溢れる気遣いを見せるロレンツォの心情を慮ろうにも、先ほどまでの出来事へのショックからか、はたまた疲労がピークに達しているせいか、思考が少しもまとまらない。

少し眠ろう。考えるのはそれからだ――何を、という目的語が一つも浮かばぬことに不安を覚えながらも襲いくる睡魔には勝てず、俺は心地よいベッドの中であっという間に眠りに落ち、翌朝まで泥のように眠り込んでしまったのだった。

6

翌朝俺が目覚めたとき、室内には誰もいなかった。遮光のカーテンのせいで周囲は真っ暗だったが、一体何時なのだろうと枕元の時計を見、午前十時の表示に慌《あわ》てて身体を起す。

「……っ」

動いた途端、物凄《ものすご》い倦怠《けんたい》感に襲われ、再びベッドへと倒れ込みそうになるのを気力で堪《こら》えた俺は、ベッドから降り窓へと走った。カーテンを開き外が充分すぎるほど明るいことで時計に誤りがないことを知る。

「なんということだ…」

今日、ロレンツォの撮影は昨日の浜離宮《はまりきゅう》で九時スタートの予定だった。現場までの送り迎えも俺の役目であったのに寝過ごしてしまうとは、と、昨日同様雲ひとつない青空を見やり溜《た》め息《いき》をつく。

すぐに支度をして浜離宮に駆け付けよう。それより前にロレンツォが今どこにいるのか確認しなければ――気は急くのに動き出すことができないのは、全身を覆う疲労と言う言葉では足りないほどの身体の重さのせいだった。

昨夜の記憶が怒涛《どとう》のように甦《よみがえ》ってくる。酒を注ぎ込まれたそこはまだ、じん、とした熱を孕《はら》んでいて、乱れに乱れた己の痴態《ちたい》をいやというほど思い起こさせた。

『助けて……っ……助けてください』

我を忘れて叫んでいた己の高い嬌声《きょうせい》が、両手両脚でしがみついたロレンツォの逞《たくま》しい背の感触が、耳に、身体に甦り、いたたまれなさから激しく首を横に振り、浮かんだ像から逃れようとしていたそのとき、

「失礼します」

高らかにノックの音が響いたと同時にドアが開き、綺麗な発音の英語が響いてきたのに、何事だと俺はぎょっとし背後を振り返った。

「あ……」

目に飛び込んできた思いもかけない人物の姿に、ますます驚き言葉を失ってしまった俺に、

「おはようございます」

にっこりと微笑《ほほえ》みかけてきたのはなんと——A社の美貌《びぼう》の社長秘書、ファルコだった。

「あの……?」

どうして彼がここに——? 当然すぎるほど当然の疑問が生じ、問いかけようとした俺に先んじ、ファルコはにこやかに微笑みながら更に俺を驚かせる話をし始めた。

「お召し物をお持ちしました。他にお入用のものがありましたらなんなりとお申し付けください」

「は?」

何故《なにゆえ》に彼が俺に服など用意するのかと首を傾《かし》げる間もなく、

「こちらへ」

開け放されていたドアの向こうにファルコが声をかけると、数名のやはり顔立ちの整った男たちが、ブティックによくあるようなステンレスのハンガーを運び入れ始めた。

「あ、あの？」

そこにずらり、とスーツやらシャツやらが下がっているのに驚いている俺に、

「ネクタイやカフスはこちらに」

続いて部屋に入ってきた男が、六十センチ四方くらいの箱のふたを開いてハンガーの近くへとそれを置いた。中は格子《こうし》で区切られており、ネクタイやらカフスやら、果ては時計や指輪までが綺麗にディスプレイされている。最後にまた同じような大きさの箱を抱えた男が室内に入ってきたが、彼はその箱を開けて中身を俺に示すことなくハンガーの近くへと下ろした。

そのあと俺の身長ほどある大きな姿見が室内に運び込まれ、それですべての荷物の搬入は終わったようだった。

「ご苦労」

ファルコが声をかけると男たちは彼に目礼をし、足早に部屋を出ていった。

「最後の箱は下着です。スーツはお好みもあるかと思いましたが、当社のものをご用意しました。サイズはおおむね適しているかと思いますが、採寸をしたわけではありませんので、きつい、緩《ゆる》いがありましたらお申し付けくださいませ」

「あの……」

さっきから俺は、『あの』しか言えてない。いくら驚いたからとはいえ、きびきびとした口調ですべてを取り仕切る彼と比べて情けなさすぎるんじゃないかと、持ち前の対抗心から俺は、混乱する思考を必死で整理しつつなんとか彼に問いかけた。

「一体これはどういうことなのです？　このようなことをしていただく理由は私には…」

ありません、と言おうとしたのにかぶせ、ファルコがにっこりと可憐《かれん》に微笑みながら告げた言葉は、またも俺を驚愕《きょうがく》させ、俺の意識を酷《ひど》い混乱へと追い落とすものだった。

「ロレンツォからの依頼です。日本滞在中はあなたがホテルに付き添ってくれることになった。着替えや生活必需品を用意するようにとの要請が今朝方私どもにあったのです」

「なんですって？」

ロレンツォがまさかそんなことをA社に要求するとは、という驚愕と共に、A社はこの状況をどのように見ているのだろうということが気になり、俺は恐る恐るファルコの表情を窺《うかが》った。

「それでは失礼いたします」

だがファルコはその、美女と見紛《みまが》う自皙の美貌を笑みに綻《ほころ》ばせただけで、俺に胸の内を見せることはなかった。

「あ、それから」

部屋を去りかけたファルコの足が止まる。一体何を言われるのだろうと俺は、相変わらず微笑を湛《たた》えている彼の美しい顔を前に身構えた。

「ロレンツォからの伝言です。夕方にはホテルに戻る、必ず部屋で待機しているようにと」

「………」

明らかにそれは彼の『希望』ではなく、俺への『命令』だった。彼と俺の間には主従関係など存在しない。確かに俺は、初日に彼に、希望することはなんでも申し付けろと言いはしたが、それが社交辞令であることは万国共通の認識であると思っていた。

「夕食を一緒にとりたいから、とのことです」

使用人か部下にでも命じるかのようなロレンツォの態度に憤《いきどお》りを感じていた俺の前で、ファルコはまるで顔色を変えずににっこりと微笑むと、「それでは」と頭を下げ部屋を出ていった。

何から何までが狂ってる――一人になった室内で、俺はざっと数えて十着以上のスーツがかかっているハンガーを見やり、大きく溜め息をついた。

昨日の朝、ロレンツォは俺に、スケジュールどおり動くかどうか心配なら、同じ部屋に泊まればいいとは言った。実際俺に拒絶するという選択肢はなかったのかもしれないが、それでもあの時点では彼は、俺に『命令』はせず、『自由意志に任せる』と言っていた。

それなのに今朝にはもう、俺の答えを聞かずにとっとと俺の宿泊を決め、それどころか俺に彼の帰宅時には待機しろとまで命じている。いつの間に彼は俺に命令する権利を得たのだ、と憤るままに掌《てのひら》に拳《こぶし》を打ち付けた俺の頭に、不意に昨夜、ロレンツォに組み敷かれ、嬌声を上げていた己の姿が甦った。

『ゆるして…っ……あっ……あぁっ……』

あの行為のせいか――抵抗することもできず、彼の下で声が嗄《か》れるほど喘《あえ》ぎ、快楽に我を忘れて身悶《みもだ》えていた間、確かに彼は俺に対し絶対的優位に立っていた。

己のいうことをきかない身体は、彼の突き上げには素直に反応し、悦《よろこ》びの声を上げていた。

だからなのか——身体を征服したが故に、俺の精神《こころ》をも征服したとロレンツォは認識しているのだろうか。

冗談じゃない、と俺はまた掌に拳を打ち付けようとしたが、その勢いは先ほどよりも随分衰えていた。

結局俺は、ロレンツォの命令に従い、彼が帰国するまでの間この部屋で共に過ごすのだろう。

ここで部屋を飛び出せば、屈辱《くつじょく》に打ち震えたこの二日がすべて水泡と化すのである。

そんなことになってたまるか、と唇を嚙《か》んだ俺の脳裏に、果たしてそれだけか、という己の声が微《かす》かに響いた。

「……え……」

それ以外の何があるんだ、と己の言葉に苦笑した俺の脳裏に、ロレンツォの情熱的な黒い瞳が甦る。

途端に胸の鼓動が高鳴り始めたことに動揺を覚えた俺は、馬鹿馬鹿しいとわざと自嘲し首を横に振ると、不快でしかない昨夜の行為の名残《なごり》を洗い流そうとバスルームへと向かった。

シャワーを浴び終え、バスローブを着て寝室へと戻ってきた俺は、人心地ついたこともあり、ロレンツォに言われてA社がどのような服を用意したのか、興味に駆られてハンガーへと歩み寄った。

「……嘘だろ」

タグを確かめようと上着を捲《めく》った俺は、内ポケットに刺繍《ししゅう》された自分の名に驚きの声を上げた。まさか、と思ってかかっているスーツすべてを捲ってみて、全部名前入りだということに気づき愕然とする。

名入り、ということはこれらのスーツはすべて俺に贈られたものということだろうか。A社のスーツは日本で買うと一着数十万はする。数えてみるとスーツは十二着、合計数百万になるじゃないかと、俺はただただ驚きに目を見開き、目の前にずらりと並んだスーツを暫《しば》し呆然《ぼうぜん》と見やってしまった。

こんな高価な贈答品を受けることなど、取引先である商社の社員としてはできるわけがなかった。すぐにファルコに連絡を入れ、受け取ることはできないと丁重に断らなければと、俺はようやくスーツから目を逸らすと、携帯を探すべく室内を見回した。

ベッドの傍《そば》のソファの背に、昨日着ていたスーツが軽く畳《たた》まれてかかっていたのに気づき、駆け寄って内ポケットから携帯を出す。ファルコの携帯の番号はまだ聞いていなかったので、とりあえず社に連絡を入れ、A社の担当に調べさせようと電話をかけ始めたのだが、プッシュし終える前に俺は電話を切り、はあ、と大きく溜め息をついた。

携帯に連絡を入れたいというほどの至急の用件は何かと聞かれたとき、どう答えるべきかという答えを思いつかなかったからである。

ロレンツォに同じホテルに宿泊するよう強要され、着替えを彼がA社に用意させた——事実ではあるが、とても信じてもらえるような内容ではなかった。

だいたいこれが事実であること自体が破天荒だ、と俺は、再びハンガーへと歩み寄り、大量のスーツを見て溜め息をついたあと、傍らに無造作に置かれた、ネクタイなどの小物が入っているという箱を戯《たわむ》れに開けてみた。

「……………おい……」

信じられない――ネクタイの数は十数本、カフスとタイピンがそれぞれ十個ほど綺麗に陳列されている。どう見ても本物のダイヤやサファイヤにしか見えないタイピンに、酔狂にも程があると、ずらりと並んだ高級品を前に俺は呆《あき》れて溜め息をついた。

ついでに、と下着が入っている箱を開けた俺は、また違った意味で溜め息をつくことになった。中に入っていた下着はすべて、布面積が著しく少ないビキニタイプで、黒だの赤だののカラフルな色が揃ったそれらの中には、Tバックは勿論《もちろん》、何を勘違いしたのか女性ものの総レースの下着やガーターベルトまでが入っていた。

一体何を考えているんだと、俺は色とりどりの下着を前に呆れ果ててしまっていたが、今はこの中から選ぶしかないかと、一番まともそうな黒いビキニを選んで身につけ、続いて一番地味そうなスーツに合わせ、シャツとタイを選んだ。

下着代わりのTシャツは用意されていなかったので、素肌にシャツを羽織《はお》り、タイを結ぶ。心地よい肌触りに、さすがシャツも高級品なのだなと思いつつスーツを着たとき、あまりにぴたりと身体にフィットしていることに驚いた。

肩幅は勿論、腕の長さといい裾丈《すそたけ》といい、まるで採寸したかのようにジャストサイズで、どうしてそんなことが可能だったのだろうと、姿見に映る己の姿を前に俺は首を傾げた。

だが、これでようやく人前に出られる姿になったので、俺は空腹を覚えたこともあり、食事をしようと部屋を出てロビー階にあるラウンジへと向かった。

軽い食事をとっていると携帯に部長から電話が入った。

『どうだ、順調か？』

部長は俺も撮影に付き添っていると思っているようだ。

「ええ、まあ…」

寝坊して行かれませんでしたとは言えず、曖昧《あいまい》な返事をした俺は、

『実は先ほどA社から当社に連絡が入ってな』

部長がそう話を振ってきたのに、ぎくりとし、携帯を握り締めた。

『ロレンツォ滞在の最終日の前日、そのホテルでA社の来々シーズンのコレクションのお披露目パーティをする予定だっただろう？　それまでにロレンツォがA社との契約にサインしたら、そのコレクションの席上で当社との総代理店契約を更新したと、日本のメディアに発表してくれるそうだ』

「……それは……」

A社からの連絡が、俺への高価なプレゼントのことではないことがわかってほっとした反面、それはA社が暗にロレンツォに契約を結ばせる期限を来日中と区切ってきたということじゃない

かと気づいて愕然となる。

『どうだい？　ロレンツォは。昨夜はあのあと、契約の話題は出たかな』

部長の認識も同じのようで、心配そうに俺に問いかけてくる。

「いえ…契約の話はできませんでした」

契約の話どころか、殆《ほとん》ど会話もないままにベッドへと連れ込まれたというのが事実だが、それを言えるかとなると話は別だった。

『まあ、ロレンツォは君を随分気に入っているようだから、なんとか頼むよ』

部長はすべて俺におしつけるような言葉を平気で告げたあと、『また報告してくれ』と電話を切った。

「………」

気に入られているどころか、不興を買った挙句に性的嫌がらせをされ続けていると部長が知ればどんな顔をするだろう。知らせるつもりはないけれど、と大きく溜め息をついた俺は、携帯をポケットに入れると我ながらのろのろした歩調で席へと戻った。

中断されたランチを続ける気になれず、会計をすませて部屋に戻る。ロレンツォが戻るのは夕方だということだったが、万が一にもすれ違うことがないよう、早めに部屋で待機しようと思ったからだった。

日本滞在中になんとしてでもA社との契約を締結してもらわなければ——果たしてそれが俺にできるのかを考えたとき、今のままでは無理に違いないとしか思えなかった。

ロレンツォはまだ、俺の非礼を許してはいない。それは彼が相変わらず俺を辱《はずかし》めることをやめないことからもわかる。それだけにこれ以上、彼の機嫌を損ねることのないよう、万全の注意を払わなければと、己に言い聞かせる声がうつろに俺の胸に響いた。

いくらA社との契約のためとはいえ、ロレンツォの俺への『辱め』は俺の常識をはるかに超えるものだった。抱かれることで対価を——契約を得ようとするなど、やっていることは商売女と同じだ。世間では一流といわれる会社に勤務し、その中でも人に先んじ昇格するという業績を積んできた俺が、一体何をしているのだと、一旦考え出すと自己嫌悪が募り、やりきれなくなってきた。

あと数日の辛抱だ。無事ロレンツォにA社との契約を継続させ、当社もA社との契約を締結できたときにはもう、すべてを忘れてしまおう。

忘れる——その単語が頭に浮かんだとき、俺の脳裏には昨夜のロレンツォの、どこか傷ついたような黒い瞳が甦った。

酷く落ち着かない気持ちに陥る自身に動揺しつつ、俺は幻の彼の瞳を頭の中から振り落とすと、自己の精神を平穏に保つためにも出来るだけ自分の身を襲った淫らな出来事は思い出すまい、と自分に言い聞かせ、ロレンツォが戻るのを一人部屋で待った。

撮影は予定より押したようで、ロレンツォがホテルに戻ったのは夕方というには少し遅い、午後六時過ぎだった。

「おかえりなさいませ」

チャイムを鳴らされ、ドアへと走り寄り出迎えた俺の姿を見て、ロレンツォは満足げに微笑んでみせた。

「やはりよく似合っている」

スーツのことか、と俺はすぐに察し、礼を言わなければと、足早に寝室へと向かうロレンツォを追いかけながらその背に声をかけた。

「スーツをご用意くださったとのことで、恐縮しています。ありがとうございます」

「着替えがなければ困るだろう？　それだけの話さ」

「しかし、あまりに高価すぎて私には受け取ることはできません」

あっけらかんと言い放ったロレンツォの足は止まらず、寝室のドアを開いて中へと入る。昨夜のデジャビュだ、と俺の足は一瞬竦《すく》んだが、ロレンツォが、どうした、というように肩越しに振り返ったのに、入らざるを得ないかと慌てて俺も寝室内へと足を踏み入れた。

「せっかく君に選んだものだ。遠慮せず受け取ってくれ」

ロレンツォはスーツのかかったハンガーを見やると、にっと笑って俺へと向き直った。

「……しかし……」

受け取れといわれて、はい、そうですかと言える立場にない故に、俺は恐る恐る事情を説明し、これらの贈呈を断ろうとしたのだが、ロレンツォの眉間《みけん》に不快さを表す縦皺《たてじわ》が現れたのに、慌てて口を閉ざした。

「遠慮は要らない。わかったね？」

「……はい……」

逆らえばまた機嫌を損ねてしまう。彼には内緒であとからA社に返却すればいいかと、俺は密《ひそ》かにそう心を決めると、

「どうもありがとうございます」

感謝の気持ちを伝えなければ、とロレンツォの前で深く頭を下げた。

「気に入ってくれたかな？」

ロレンツォの機嫌は直ったらしく、眉間の皺は緩み、笑顔で俺に問いかけてくる。

「勿論です。ありがとうございます」

俺の返事は決して世辞ではなかった。ロレンツォは俺に似合う服を選んだと先ほど言っていたが、彼のチョイスは俺の好みにもぴったりと嵌《はま》っていた。自然と声が弾んでしまった俺の前で、ロレンツォは満足げに微笑むと、視線をハンガーへと向けそちらへと歩み寄っていった。俺も彼のあとに続く。

「それはよかった」

明るい声で相槌《あいづち》を打ったロレンツォが、ハンガーの横に置かれた箱を取り上げる。下着が入っているほうの箱だ、とその動きを目で追っていた俺は、ロレンツォがその中から取り出したもの

を見て、ぎょっとし息を呑《の》んだ。

「君なら気に入ってくれると思った」

にっこりと微笑みながら、ロレンツォが俺に差し出してきたのは女性物の下着だった。まさか、と顔を引きつらせている俺の前で、ロレンツォの黒い瞳が微笑みに更に細められる。

「身につけて僕に見せてくれるかい？」

「……」

嫌な予感は当たった。ロレンツォの顔は笑っていたが、目にはいつものあの意地悪な光が宿っている。

身につけろといわれても、と俺は彼の手の中の下着を前に固まってしまっていた。

「さあ、フィオーレ」

ロレンツォが俺に下着を押し付けるようにして渡してくる。受け取ったそれは深紅で全面総レースという、まさに商売女の穿《は》くようなものだった。

「あの……」

いくらなんでもこれを穿くことはできない、と俺はロレンツォに許しを乞《こ》おうとしたのだが、ロレンツォは俺に口を開く機会を与えなかった。

「フィオーレ。僕は君から『Si《YES》』以外の返事は聞きたくない」

ロレンツォの顔から笑みは消え、眉間にはまた縦皺が刻まれている。

「……わかりました」

頷《うなず》くしかない自分にまた、自己嫌悪の念が込み上げてくる。溜め息が漏れそうになるのを唇を嚙んで堪えていた俺の耳に、ロレンツォの明るい声が響いた。

「僕の前で着替えてもらいたいな」

「……」

もう言葉を返す気力もなかった。俺は「わかりました」と頷くと、ベッドの上に一旦下着を置いたあと、上着を、続いてスラックスを脱ぎ始めた。

ロレンツォの視線を痛いほどに感じながら、黒のビキニを脱ぎ、深紅の下着を取り上げる。

これに脚を通すのかと思うと恥ずかしさで気が遠くなりかけたが、もう何も考えまいと俺は手早くそれを身につけた。

当たり前の話だが、収まりが悪いのを手で直していると、ロレンツォが近づいてくる気配がした。

「これもつけてみないか?」

彼が差し出してきたのは、同じ色のガーターベルトだった。

「…あの…」

拒絶するつもりはなく、つけ方がわからなかったのだが、ロレンツォには無事俺の意図が通じたらしい。

「タイを外して、シャツの前を開いて」

にこ、と微笑みながら俺にそう告げ、彼の命じたとおりに俺が動くのを見つめていた。

「…………」

シャツの前を開くと、いやでも女物の下着をつけた下半身が目に飛び込んできて、俺はいたたまれなさから目を逸らした。

「つけてあげよう」

だがその姿をロレンツォは気に入ったようで、朗らかな声でそう言うと、俺が返事をするより前に腰に腕を回し、シャツの下、ガーターベルトを嵌《は》め始めた。

「ベルトの部分は下着の下から通すんだ」

説明を加えながら、ロレンツォが深紅の下着の中に指を入れる。

「……あっ…」

ただでさえきつい下着が、彼の指に引っ張られ、前がレースに擦《こす》れたのに、俺の口からは思わぬ声が漏れてしまった。

カッと頭に血が上り、俯《うつむ》いた俺の顔をロレンツォが覗《のぞ》き込んでくる。何か言われるかなと身構えたのだが、

「あとは自分でやってごらん」

ロレンツォはそう笑って、俺の尻を叩《たた》き、またハンガーのほうへと戻っていった。

「…………」

拍子抜け――というのとはまた違うのだが、てっきりからかわれるものだと思ったのに、と俺は首を傾げつつも、できるだけ前を刺激しないように下着を持ち上げ、ベルトを下に通した。

「ストッキングはこれだ」

ロレンツォが声をかけてきたのに顔を上げると、彼は姿身の前で佇《たたず》み、手にしたストッキングを俺へと差し出していた。

「取りにおいで」

「……はい…」

頷いて歩き出そうとしたとき、前がレースに擦れる刺激に俺はうっと息を呑んだ。胸の鼓動と共に呼吸が上がり、全身の熱が前に集まるような錯覚に陥《おちい》りそうになる。

なんということだ——こんな倒錯的な格好は嫌悪してしかるべきだというのに、今、このシチュエーションに俺は興奮してしまっていた。

信じられない、といくら否定しようとしても、身体は正直だった。なんということだと俺はまた、思いもかけない身体の反応に愕然としてしまっていたのだが、

「フィオーレ?」

ロレンツォの呼びかけにはっと我に返り、彼を見やった。

「早くきなさい」

命じるロレンツォは姿見の前に立っている。鏡の中、シャツの下に、女物の下着を身につけている己の姿は嫌でも目に入ってきて、俺の興奮を煽《あお》っていった。

できるだけ鏡を見ないように俯き、ゆっくりとロレンツォに歩み寄って彼の手からストッキングを受け取る。どうやって穿くのだと広げたとき、

「立ったままでは難しいね」

ロレンツォはそう言って室内を見回し、

「あれがいい」

にっこりと笑うと、ソファの前にあるオットマンへと歩み寄りキャスターつきのそれを俺の前へと引き摺《ず》ってきた。

「………」

何をする気なのだと、俺は、自分が運んだオットマンの上に腰掛けたロレンツォを見やる。

「おいで、フィオーレ」

そんな俺にロレンツォは自分の膝《ひざ》を叩き、ますます何をする気かと俺の首を傾げさせた。

だが言い付けには従うしかないかと、おずおずと彼へと歩み寄る。

「ここに座ってストッキングを穿くといい」

言われるがままに彼の膝へと腰を下ろそうとした俺は、ようやく彼の意図に気づいた。

「……あ……」

ロレンツォはわざと鏡の前にオットマンを運んでいた。前を向いた途端、鏡に映る自分の姿が飛び込んできて、堪《たま》らず俺は顔を背けたのだが、ロレンツォは容赦《ようしゃ》がなかった。

「前を向いて。僕に君がストッキングを穿いている姿を鏡越しに見せてくれ」

「……そんな……」

むごい、と俺は一瞬腰を浮かせた姿勢のまま固まってしまっていたのだが、ロレンツォの手が伸びてきて強引に膝の上へと座らされてしまった。

「さあ」

俺の肩に顎《あご》を乗せ、ロレンツォが笑いを含んだ声で囁《ささや》いてくる。

やるしかないのか、と俺は俯いたままストッキングを広げて脚を通そうとしたのだが、そのときまた耳元でロレンツォの声が響いた。

「顔を上げて。鏡をごらん」

「……」

それでも俯いたままでいると、ロレンツォの指が俺の顎へと添えられ、無理やりに上を向かされる。

「……あ……」

鏡の中、俺の肩越しにじっと俺を見つめるロレンツォの黒い瞳が目に飛び込んできたとき、俺の胸はなぜかどくん、と大きく脈打ち、カッと頬《ほお》に血が上ってきた。

「さあ、脚を上げて」

ロレンツォがうっとりとした口調で囁き、もう片方の手を俺の腹へと回してしっかりと俺を抱き締める。

「こうして支えておいてあげるから」

鏡越しににっこりと微笑む彼の瞳に宿る、星々の煌《きら》めきよりも美しい光が、うっすらと紅潮した頬が、艶《なまめ》かしい笑みにめくれた紅《あか》い唇が、俺の頭にますます血を上らせ、胸の鼓動を速めていった。

おかしい——動揺が俺の身体を動かし、彼の言葉のままに脚を上げてストッキングを穿こうとする。

「いやらしい眺めだね」

途端にロレンツォにくすりと笑われ、改めて俺は鏡の前で脚を広げる体勢をとっている己の姿に気づいた。

「…………」

確かに言われたとおり、女物の下着をつけ高く片脚を上げている姿は『いやらしい』以外の何ものでもなかった。羞恥《しゅうち》のあまり脚を下ろそうとすると、

「駄目だよ。最後まで穿かないと」

ロレンツォの厳しい声が飛び、俺は仕方なくストッキングを引き上げ、前後をベルトのボタンで挟んだ。

「次は左脚だ」

命じられたままに、今度は左脚を上げ、ストッキングを穿き始める。引き上げる手が細かく震えていたのは、羞恥からというよりは、先ほどから身体の奥で燻《くすぶ》り始めたあの熱い焔《ほむら》のせいだった。

脚を持ち上げると前がレースに擦れ、びく、と身体が震えそうになる。それを必死で押し留めようとしていた俺は、ようやくストッキングを身につけ終えたことにほっとし、これでいいかと

ロレンツォを振り返った。

「セクシーだね」

ロレンツォがにっこりと俺に微笑みかけてくる。

「……もう、よろしいでしょうか」

セクシーなものか、と俺は心の中で悪態をつきつつ、ロレンツォの気がすんでくれたことを期待し問いかけたのだが、ロレンツォは驚いたように目を見開き、俺の期待を非情にも打ち破った。

「まさか君はもう、脱ぎたいとでも言うのかい？」

「……え……」

答えは勿論『Ｓｉ』だが頷くことはできなかった。

「こんなに似合っているものを。もう少し僕に観賞させておくれ」

ロレンツォの手が俺の頰へと伸び、強引に前を向かされる。

「君もゆっくり観賞しているといい」

「あの…」

鏡越しににっこりと微笑んだロレンツォの手が、顎から胸へと下りてくる。

「シャツを脱ごうか」

「………」

暗に脱げ、と命令されたことを察し、俺はのろのろと手首のカフスを外して羽織っていたシャツを脱いだ。深紅の下着とガーターベルト、それにストッキングだけを身につけた己の情けない裸体が鏡に映っているのに、やりきれなさが募る。

「ますますセクシーになった」

だがロレンツォは俺の姿に満足したようで、上機嫌にそう笑うと両手で俺の胸を擦り始めた。

「……っ……」

掌で擦られるうちに、胸の突起がぷく、と勃《た》ち上がってくる。同時にぞわぞわとした刺激が背筋を這《は》い上り、身体の熱が下半身に一気に集まっていった。

「あっ……」

ロレンツォが両胸の突起を同時にきゅ、と摘《つま》み上げたのに、俺の唇から思わぬ声が漏れ、俺を慌てさせた。

「胸を弄《いじ》られるのは好き?」

言いながらロレンツォがまた、きゅ、と痛いくらいの強さで胸の突起を抓《つね》り上げる。

「わかりま…っ……あっ……」

きゅ、きゅ、と断続的に胸を摘まれるたびに、電流のような刺激が脳髄《のうずい》を直撃し、満足に口がきけなくなっていた。

「やめ…っ……あっ……あっ…」

息が上がり、堪え切れない声が漏れ始める。

「好きなようだね」

くすくす笑いながら俺に囁きかけてきたロレンツォの、鏡越しの視線が俺の下肢へと下りてゆ

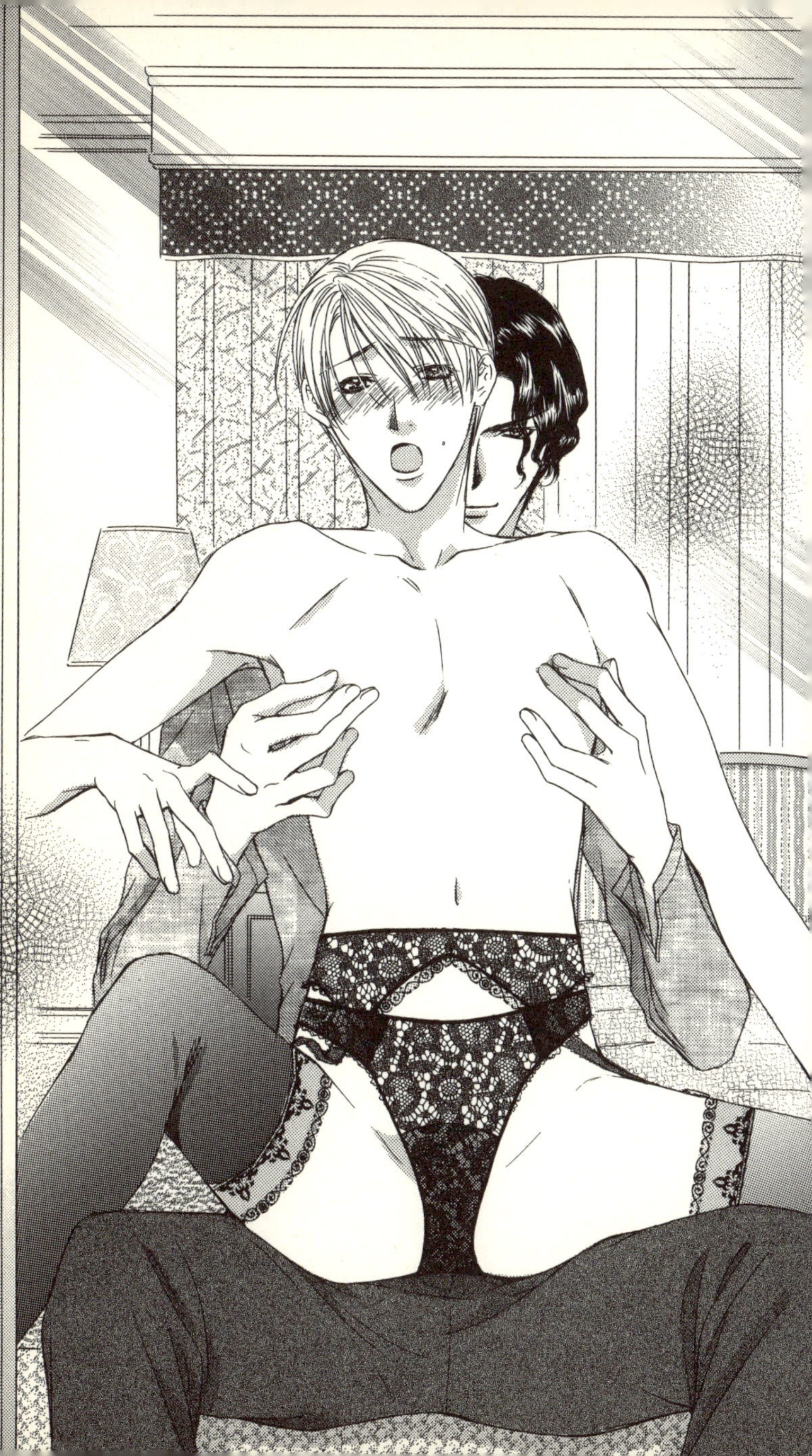

く。

「あ…っ……」

彼の視線を追い、鏡を見つめた俺は、深紅のレースの前が盛り上がっていることに、堪え切れない羞恥を感じ、ぎゅっと目を閉じてしまった。

「駄目だよ、フィオーレ。目は開けていなさい」

片方の胸からロレンツォの指が去ったと思ったと同時に、パシ、と軽く頬を叩かれる。

「……はい…っ……」

仕方なく目を開いた俺の目は、見まいと思えば思うほど、レースの中ではっきりと形を成している自身へと向かっていった。

「おやおや、苦しそうだね」

ロレンツォが敏感に俺の視線の先を察し、嘲《あざけ》るような笑いを漏らす。同時に彼の片手が伸びてきて、レースの上から俺の雄《オス》をゆっくりと擦り始めた。

「やっ……あっ……」

形をなぞるように擦られるうちに、ますます硬さが増してゆく。きつい下着の締め付けがまた俺の勃起を促《うなが》し、俺の先端からはいつしか先走りの液が零《こぼ》れ始め、レースを内側から濡《ぬ》らしていった。

「こんなに前を濡らして……淑女にあるまじき姿だね」

くっきりと色の変わってしまっているレースの部分を摘み上げられたのに、勃ちきった雄の先端がぽろ、と外へと零れ落ちた。

「あっ……」

淫らな己の姿に堪らず声を上げたはずであるのに、俺の雄はますます熱を孕み、先走りの液が腹を濡らす。

「はしたないね」

ロレンツォが笑って俺の下着を放し、後ろから抱き締めながらまた、俺の肩に顎を乗せた。

「はしたない君には、もっとはしたないことをさせたくなった」

鏡越しにじっと俺を見つめ、ロレンツォがぺろり、と形のいい唇を舐《な》め上げる。

「……っ……」

淫蕩《いんとう》な表情に、ぞわり、とした刺激が俺の下肢を直撃し、下着の合間から覗く自身がびく、と震えてしまった。

「下着を自分で下ろしてごらん。できるだけいやらしく、僕を誘うようにね」

「……そんな……」

できるものか、と思ったが、ロレンツォは俺の腰を両腕で摑《つか》むと、

「ほら」

と俺を膝から下ろし、鏡の前に立たせてしまった。

「あの…」

無理です、と振り返った俺に、ロレンツォが見惚《みと》れるような笑みを向けてくる。

「さあ。フィオーレ」

『僕は君から「Si《YES》」以外の返事は聞きたくない』

先ほど告げられたばかりのロレンツォの言葉が、俺の脳裏に甦る。

言われたとおりにするしかないが、とても『いやらしく』『誘うように』は脱げそうになかった。勃ちきった自身を刺激したくなくもあり、俺はのろのろと下着を下ろし、脱ぎ終わったあとまたのろのろと身体を起してロレンツォを見た。

「振り返って鏡を見てごらん」

ロレンツォが俺の勃起した雄を見つめながら、俺に新たな命令を下す。

「……はい…」

見たい姿ではなかったが、言われたとおりに俺は鏡を振り返り――。

「………」

深紅のガーターベルトとストッキングだけを身につけ、勃起した雄を晒《さら》している己の姿のあまりのはしたなさに、堪らず目を逸らせた。

「いやらしい。ぞくぞくするね」

ロレンツォが背後で立ち上がった気配がする。

「素敵な姿を見せてくれた君に、ご褒美《ほうび》をあげよう」

「……え…」

すぐ後ろまで歩み寄ってきた彼にぽん、と肩を叩かれ、俺は反射的に彼を振り返った。

「鏡に両手をついて。腰を突き出して待っておいで」

にこ、とロレンツォが微笑み、俺のこめかみに唇を押し当てるようなキスをし、またぽん、と肩を叩く。

「………」

両手をつくにはまた鏡を見なければならない。こんな情けない自分の姿を二度と見たくはなかったが、

「どうしたの？」

ロレンツォに顔を覗き込まれた俺は、彼の望む答えを返していた。

「Si《シー》」

「いい子だ」

頷いた俺に、ロレンツォが満面の笑みを浮かべ、ぱち、と片目を瞑《つむ》ってみせる。俺はのろのろと前を向くと、できるだけ鏡を直視しないようにし、両手をついた。背後で、ジジ、とファスナーの下りる音がし、思わず鏡越しに後ろを窺った俺に、ロレンツォが目を合わせ微笑みかけてくる。

「フィオーレ、腰を上げるのを忘れている」

「あ…」

ロレンツォの手の中に、勃ちきった彼の雄が握られていた。黒光りするそれを目《ま》の当たりにした俺は、彼の言う『ご褒美』が何かも同時に察していた。

「さあ」

嫌だ——昨夜も、その前の夜も、さんざん俺を貫いたそれがまた、俺の中に挿《はい》ってこようとしている。力強い突き上げが、激しい律動が身体に甦ったとき、嫌だという思いとは裏腹に俺の雄はまた、びく、と大きく震え、俺を絶望的な思いへと追い落とした。

「こうするんだよ」

呆然としていた俺は、後ろから腰を摑まれ、ぎょっとして顔を上げた。ロレンツォが強く腕を引き、俺に彼の望むような、腰を突き出した体勢をとらせる。

「鏡を見て」

俯いた俺の耳元に、ロレンツォが唇を寄せて囁いてくる。

「今日の君は娼婦だ。淫らに腰を振って僕を誘惑してごらん」

「……そんな……っ……」

そんなことはできるわけがない、と首を横に振ろうとしたとき、ロレンツォの手が俺の双丘を割り、ずぶ、と彼の猛《たけ》る雄がそこへと挿入されてきた。

「あっ……」

一気に貫かれ、息が止まりそうになったと思った次の瞬間には激しい突き上げが始まり、俺はあっという間に快楽の波に呑み込まれ、高く喘ぎ始めてしまっていた。

「あっ……やっ……あぁっ……」

鏡についた手が滑り落ちそうになり、反射的に前を向いた俺の目に、ロレンツォの突き上げに

だらしなく口を開け、喘いでいる己の姿が飛び込んできた。

「いやぁっ……あっ…あっ…あっ…」

真っ赤なガーターベルトを身につけている腰は、ロレンツォに言われたとおりに淫らに前後に揺れていた。違う、こんなのは自分じゃないと目を逸らしたいのに、俺の目は鏡に映る己の姿に釘付けになり、視線を外すことができなくなった。

「あぁっ……あっ……あっあっあっ」

動くまいと思うのに、鏡の中の俺は腰を突き出し、ロレンツォの突き上げを誘っているように見える。そんな馬鹿な、と情けなさのあまり泣き出したくなる俺の耳元で、息を乱したロレンツォの声が響いた。

「もっと腰を揺らして。自分の望むとおりに動いてごらん」

言葉と同時にロレンツォの手が、鏡についた俺の片手を摑み、その手を下肢へと導いてゆく。

「さあ」

「いや…っ……」

勃ちきった俺の雄を握らせたあと、ロレンツォは俺の手を放し、腰を支えるように両手を添えて、一段と激しく腰を打ち付けてきた。

「さあ…っ…フィオーレ……っ……君は何がしたい?」

律動はそのままに、ロレンツォが鏡越しに俺に微笑みかけてくる。煌めく黒い瞳が俺の目線を捉《とら》えたあと、鏡越し、じっと俺の下肢を見つめ始めた。

「……あぁっ……」

彼の目に促されるように、俺は自身を摑んだ手を動かし始めた。最初は握っているだけだったのに、気づいたときには俺の手は、それを激しく扱《しご》き上げてしまっていた。

「あっ……はぁっ……あっ…あっ…あっ」

身体の奥底を抉《えぐ》るような力強いロレンツォの突き上げに、理性の箍《たが》が吹っ飛んでしまったとしか思えなかった。自分で自分を絶頂へと導く俺の頭の中は真っ白で、時折目に飛び込んでくる、鏡に映る己の浅ましい姿を恥じ入る余裕がなかった。

「あぁっ……」

ロレンツォの突き上げが一段と激しくなったとき、自身を扱く俺の手の動きも一気に速まり、絶頂を迎えた俺はついに自分の手で達してしまった。

ピシャ、と精液が鏡に飛んだ音に反射的に顔を上げた俺の目に、鏡越しに微笑むロレンツォの、美しい顔が飛び込んでくる。

「……淫らな僕の花《フィオーレ》…」

黒い瞳を欲情に煌めかせたロレンツォが、俺の腹に回した手にぐっと力を込め、俺の上体を起そうとする。

「いや…っ…」

深紅のガーターベルトが、未《いま》だ萎《な》えた雄を握っていた自分の手が、あますところなく鏡に映し出され、堪らず顔を背けた俺の耳に、ロレンツォの楽しげな笑い声が響いてきた。

「さあ。次はベッドで僕を淫らに誘っておくれ」

信じられない——女物の下着を身につけ昂まる自分も、次なる行為へと誘《いざな》う彼も、そしてその彼に促され、大人しくベッドへと向かってゆく己の心情も、何から何までが信じられなかった。

「脚を開いて」

命じられるままに脚を開き、ロレンツォが手早く服を脱ぎ捨てていくのをぼんやりと見つめる自分が一体何を考え、何を感じているのか——当然わかるべき己の真理を何一つ見出すことができないまま、そのあとも俺はロレンツォの腕の中で、声が嗄れるほどに喘ぎまくることになった。

7

翌日は鎌倉《かまくら》での撮影の予定だった。金沢《かなざわ》街道にある古寺の茶室での撮影許可を得ていたので、朝八時にホテルを出てリムジンで現場に向かうことになった。

「フィオーレ。支度はできたかい？」

「はい」

結局俺はあのあとロレンツォの突き上げに気を失ってしまったのだが、夜中近くに彼に起こされ、一緒に夕食をとったあとまた、彼に抱かれた。

疲れを知らないような彼の求めに応じる体力は俺にはなかったが、拒絶することはできなかった。

『君のここはおねだり上手だね』

ロレンツォが囁くとおり、俺の身体は彼との行為にすっかり慣れ、疲れ果てているはずであるのに、彼の突き上げに従順に反応し、ロレンツォを酷く悦ばせた。

そうしてまた俺は途中で気を失ってしまったのだけれど、朝目覚めたときにロレンツォはそれを詫《わ》びた俺を笑って許し、上機嫌のまま朝食を共にとった。

「それじゃ、でかけようか」

予定の主導権は本来ならば俺がとるべきであるのに、すべてにおいて俺は彼のいいなりになっていた。俺の社が用意したリムジンであるのに、ロレンツォは勝手にホテルに迎えに来る時間を仕切り、そればかりか助手席にA社のファルコを乗せることにしたといい、俺を驚かせた。

「ファルコをですか?」

「ああ。何か問題かい?」

「いいえ、お乗りになることはまったく問題ないですが、助手席には私が乗ろうかと…」

社長秘書を助手席に乗せるわけにはいかない、と後部シートに乗ってもらうことをロレンツォに申し出たが、当然承諾するだろうと思った彼は決して首を縦には振らなかった。

「後部シートには僕とフィオーレが乗る」

きっぱりと言いきった彼に、仕方がない、ファルコにも後部シートに乗ってもらおうと思っていたのだが、ロビーで待っていた彼をロレンツォはとっとと助手席に追いやってしまい、俺に冷や汗をかかせた。

「申し訳ありません」

慌ててファルコに駆け寄り詫びたが、

「お気になさらず」

ファルコはいつものもの、少しも表情の読めない笑顔で頷いただけで、ロレンツォの言うとおり助手席に乗り込んでいった。

「フィオーレ」

運転手が恭《うやうや》しい仕草で開けたドアの前、ロレンツォが車に乗り込みながら、早く来いといわんばかりに俺に声をかけてくる。

「はい」

慌てて駆け寄り、彼のあとに続いて後部シートに乗り込むと、

「随分ファルコに気を遣っているじゃないか」

ロレンツォは不機嫌にそう言い、じろり、と俺を睨《にら》み付けた。

「我が社にとってA社は重要取引先ですので…」

企業に属していない彼にわかるだろうかと案じつつ、ぼそぼそと答えた俺の横で、ロレンツォが馬鹿にしたように鼻を鳴らす。

「そうだったね。だから君はA社のために僕のご機嫌をとろうと必死になっているんだった」

「それは……」

確かにそのとおりなのだが、頷くことはさすがにできない。だが、臆面もなく否定することもできずに言葉に詰まってしまった俺に、ロレンツォはまた不機嫌そうに鼻を鳴らすと、肘掛《ひじかけ》の横のスイッチを入れた。

「……あ…」

ジーッ、と電子音が響いたと同時に、運転席との間の仕切りがカーテンで閉ざされる。俺などよりよっぽどロレンツォのほうが、車の設備を使いこなしていると、俺は彼を不機嫌にさせたことへの反省を暫し忘れ、ロレンツォが続いて手許のスイッチを入れたのに見入ってしまっていた。

『何か御用でしょうか』

彼が操作したスイッチは、運転席に通じるマイクのようだった。スピーカーから聞こえてきた日本語にロレンツォが、

「ファルコを」

と英語で声をかけると、暫《しばら》くしてファルコの、凛《りん》としたテノールがスピーカーから響いてきた。

『ロレンツォ、何か御用でしょうか』

「目的地まではあとどのくらいかかるのか？」

ロレンツォの問いかけに、ファルコが運転手に尋ねている気配がし、間もなく、

『あと一時間ほどだそうです』

再び彼の声がスピーカーから聞こえてきた。

「わかった」

ロレンツォがスイッチを切り、俺を見る。

「マイクが通じているのですね」

何か喋《しゃべ》らなければと、見たとおりのことを口にした俺に、ロレンツォは一瞬嘲るような視線を向けたあと、

「そうだ」

何かを思いついた顔になり、にやり、と唇の端を上げるようにして微笑んだ。

「あの…」

嫌な予感がする。今まで彼の思いつきに、さんざんな目に遭《あ》い続けてきた俺は、今回も似たような仕打ちが待っているのではないかと身構えてしまったのだが、ロレンツォはそんな俺に向かい身を乗り出してくると、怯《おび》える俺の目をじっと覗き込んできた。

「フィオーレ、賭《か》けをしないか?」

「賭け?」

鸚鵡《おうむ》返しした俺の目の前で、ロレンツォの黒い瞳がきらり、と輝く。

「そう。これからの一時間、運転席へのマイクのスイッチに君が触れないでいられたら、僕は君の言うことをなんでも聞こう」

「ええ?」

意味がまったくわからない。一体どういう賭けなんだと眉を顰《ひそ》めた俺に、ロレンツォは説明をし始めたが、その内容は俺にとって驚くべきものだった。

「今は運転席へのマイクのスイッチは切ってあるけれど、合図と共に僕がそのスイッチを入れる。それから目的地の鎌倉につくまでの間、君がそのスイッチに触れなければ、僕は君の言うことをなんでも聞くと言ってるんだ。たとえばA社との契約を継続してくれ、というような願いでもね」

「なんですって?」

信じられない幸運に俺は思わず大きな声を上げてしまった。果たして本気で言っているのだろうかと顔を見やると、

「どうする? やってみるかい?」

ロレンツォはにっこりとその、黒い瞳を細めて微笑み、俺に答えを促してきた。

「はい」

どうやら彼は本気で賭けをするつもりらしい。迷う余地はないと俺は大きく頷いた。スピーカーのスイッチの存在など、今の今まで知らなかったくらいであるのに、敢《あ》えてそれに自分が触れるとはとても思えない。

これですべてのカタがつく。もう屈辱的な思いをすることがないのだ、と思った俺の胸は、どきり、と変に脈打った。

「…?」

どうしたのだと胸に手をやった俺に向かい、ロレンツォが嬉《うれ》しげな声を出す。

「それじゃあフィオーレ、服を脱いで」

「……え?」

思いもかけない彼の言葉に、妙な動悸《どうき》のことはすっかり俺の頭から吹っ飛んでいた。

「聞こえなかった? 服を脱いで、と言ったんだよ」

ロレンツォが笑顔のまま、同じ言葉を繰り返す。

「ここで、ですか?」

「Si」

常識外の彼の要請に、彼が口答えを何より嫌うということを知っていたはずであるのに、思わず再確認してしまうと、ロレンツォは何を言っているのかといわんばかりの大仰《おおぎょう》さで、大きく頷いてみせた。

「……」

甘かったか——好条件に思わず飛びついてしまったが、考えてみればロレンツォがそんな俺に都合のいい賭けを申し出るわけがなかった。しまった、と思ったが後の祭りである。

まあいい、スイッチに触れなければいいのだと、俺は腹を括《くく》り、彼に命じられたとおりに服を脱ぎ始めた。助手席との間は仕切られているし、窓にも濃いスモークが張ってある上にカーテンが外からの視線を遮っている。ロレンツォが著名なモデルであるために、そういった仕様の車を選んでいたのだが、まさかそれがこんな形で活《い》かされるとは思わなかった、と半ば自棄《やけ》になりつつ俺は上着を脱ぎ、スラックスのベルトを外した。

「勿論、全部脱ぐんだよ」

『服』というのはスーツという意味ではない、とロレンツォは俺に念押しした。

「……はい……」

相変わらず容赦がないと俺は内心唇を噛みながらも、態度だけは殊勝に頷き、スラックスを脱いだあとタイを解《ほど》き、シャツのボタンを外し始めた。

「下着くらいは許してあげよう」

シャツを脱ぎ終わった俺に、ロレンツォが親切ごかしなことを言う。

「……ありがとうございます」

今日のスーツもシャツも、タイもタイピンもそして下着も、ロレンツォにこれを着ろと言われて身につけたものだった。下着を脱がなくてもいいと言われたが、単にそれは今俺の穿いている下着が彼の好みのものだったからに他ならない。

彼が俺に選んだのは、白のTバックだった。薄手の生地で、くっきりと俺の雄が透けて見える、何も身につけていない状態のほうがまだ恥ずかしくないというものだ。

それでも礼を言った俺にロレンツォは機嫌をよくしたようだ。

「いい子だ」

にこやかに微笑むと俺に向かい、右手を差し出してきた。

「おいで」

「……え……」

どこへ、と問おうとした俺の腕を彼の右手が掴む。

「さあ」

強引に腕を引かれ、俺はそのまま彼の膝の上へと座らされてしまった。

「それじゃ、賭けを始めよう」

耳元でバリトンの美声が響く。

「スイッチを入れるよ」

耳朶《じだ》を擽《くすぐ》るように唇を寄せ、囁かれたと同時に、パチ、とスイッチが入れられた音がした。

『お呼びでしょうか』

途端にスピーカーからファルコの声が響いてくる。

「用はない。暫く待機していてくれ」

答えたロレンツォの手が、俺の胸を這い始める。

『かしこまりました』

「……っ……」

ファルコの声がスピーカーから響いてきたとき、俺はロレンツォの意図を初めて察した。

「この程度の声は聞こえない」

くすりと笑ったロレンツォが、俺の耳元に低く囁きながら、きゅ、と胸の突起を摘み上げる。

「……ぁっ……」

びく、と身体が震え、微かな声を漏らしてしまった俺は、慌てて両手で口を押さえた。

『いかがされました?』

問いかけてくるファルコに、声が届いてしまったのかと唇を噛んだ俺の背後で、

「なんでもない」

楽しげなロレンツォの声が響く。

「マイクの感度はなかなかいいらしいね」

またも俺の耳元で低く囁いた彼を、俺は肩越しに振り返り恨みがましく見つめてしまった。

スイッチに手を触れないでいろということは、運転席との間のマイクを切るなということだった。それでいてロレンツォは俺の身体に悪戯《いたずら》をしようとしている。

「……っ…」

きゅ、とまた胸の突起を抓られ、息を呑んだ俺の下肢に、もう片方のロレンツォの手が伸びてくる。

「……っ」

躊躇《ためら》う素振りも見せず、ロレンツォの手が下着の中に突っ込まれたのに、布が引っ張られ、後ろにきつく食い込んだ。

「……もうこんなに濡らして…」

ロレンツォの手が俺を摑み、勢いよく扱き上げてくる。直接的な刺激に声が漏れそうになるのを俺は口を塞《ふさ》いだ両手に力を込め、なんとか堪えようとした。

「……っ」

ロレンツォの手が激しく動くたびに布が引っ張られ、ぐいぐいと後ろを締め付ける。前の、そして後ろへの刺激に俺の息は上がり、鼓動は早鐘のように打ち始めたが、なんとか声だけは漏らすまいと俺は、必死で唇を嚙み締め続けた。

「意外に君は我慢強いな」

ロレンツォの笑いを含んだ声が耳元で響いたと同時に、俺の身体を支えていた手が腹から太腿《ふともも》へと滑り、尻へと回る。

「……っ……」

その手が食い込む布を避け、指先を後ろへと挿入してきたのに、堪らず俺はロレンツォの膝の上で大きく身体を仰《の》け反らせてしまっていた。

ぐっと捻《ね》じ込まれたその指が、ぐちゃぐちゃと中をかき回す。先走りの液を零す雄は、ロレンツォの繊細な指が勢いよく扱き上げ続けている。

「……もうっ……」

我慢できない、と俺は噛み締めた唇を解き、いやいやをするように激しく首を横に振った。口の中に血の味が広がる。

「……フィオーレ、降参かい？」

囁かれた言葉に、負けるものかという憤りが一瞬だけ芽生えたが、ずぶ、と更にもう一本、指が挿入されてきたのに俺の負けん気は萎えた。

「……っ…」

前を扱かれたまま、二本の指が俺の中で激しく蠢き始めたのについに俺は耐えられず、スイッチに向かって腕を伸ばしてしまっていた。

「…降参？」

くす、と笑ったロレンツォが俺に囁き耳朶を噛む。それでも俺の前後を弄る手を緩める気配のない彼は、俺が必死で手探りでスイッチを探すのもただ笑って見つめていた。

ようやく見つけたスイッチをパチリ、と切る音が後部シートに響き渡る。

「あぁっ……」

同時に一層深いところを指で抉られ、堪えに堪えていた声を発したと同時に俺は達してしまった。

ロレンツォの膝の上、はあはあと息を乱し項垂《うなだ》れていた俺の耳元で、ロレンツォの明るい声が響く。

「賭けは僕の勝ちだね」

「……………」

楽しくてたまらない様子の口調に、俺はつい肩越しに彼を振り返り、恨みがましい目を向けてしまった。

「そんな目で僕を見ないでくれ」

言いながらロレンツォが、まだ俺の中に挿入されたままになっていた指でぐるり、と中をかき回す。

「あ……っ…」

きっと演技に違いない悲しげな様子に一瞬目を奪われそうになった俺の意識は、次なる刺激にびく、と震える己の身体へと向かっていった。

「さあ。思う存分喘ぐといいよ」

ロレンツォが俺の後ろから指を引き抜き、ぐっしょりと濡れた俺の下着を脱がせ床へと落とす。

「もう誰にも聞かれる心配はないのだからね」

ジジ、とロレンツォがファスナーを下ろす音が俺の耳に響くのに、俺の後ろはひくひくと蠢き、達したばかりのそれは再び熱を孕み始めていた。

そんな——あたかも彼の突き上げを期待しているかのような身体の反応が俺を慌てさせ、無意

識のうちに前へと逃れようとしたのに、

「おっと」

いち早く伸びてきたロレンツォの手が腹に回り、俺の身体を引き戻した。

「賭けには負けたけれども君はよく我慢した。そのご褒美をあげようというのに、一体どこに行こうとしてるんだい？」

「やめ…っ」

『ご褒美』という言葉に俺の雄はぴく、と震え、身体の芯に欲情の火が灯《とも》る。自分で自分が信じられないと唇を噛んだ俺は、だが、ロレンツォが勃ちきった雄で一気に貫いてきたときにはもう、考えること自体を放棄していた。

「あぁっ…」

唇からいつもより高い嬌声が漏れるのは、今までさんざん声を我慢した反動だろうか――そんな馬鹿げた思考が頭を掠《かす》めた俺の両腿にロレンツォの腕が回り、大きく脚を開かされる。大股開きのような格好をさせられたことを恥じ入る間もなく、ロレンツォが腰を突き上げながら、俺の脚を抱えた腕で身体を上下に動かし始めたのに、俺の意識はあっという間に快楽の淵《ふち》へと飲み込まれていった。

「あっ……あぁっ……そんな…っ……そんな奥まで…っ……」

ロレンツォが腰を突き出すと同時に勢いよく彼の上へと身体を落とされ、普段よりずっと奥に彼の雄を感じる俺の口から、あられもない言葉が零れ落ちる。

「深い……っ……こんな深いの……っ…あっ…あっ…あっ…」

自分が何を言っているのか、既にわかっていなかった。ずんずんと身体の奥底をリズミカルに抉り続けるロレンツォの力強い雄が、俺から体面や羞恥や、あらゆる常識を奪ってゆく。

「い…っ……いくっ……あっ…あっあっ」

叫んだ自分の声を、早鐘のように打つ己の鼓動の向こうに聞いたと同時に俺は達し、白濁した液が辺り一面に飛び散った。

「……くっ…」

耳元でロレンツォの抑えた声が響き、後ろに感じるずしりとした精液の重さに、俺は彼も達したことを知る。

「あ……っ」

両脚を開かされたまま身体を持ち上げられ、後ろからずる、とロレンツォの雄が抜かれたのに、俺の身体はびく、と震え、唇からは我ながら甘いとしかいえない吐息が漏れた。彼の片手が俺の裸の背に回り、一瞬膝の上で横抱きにされたあと、隣のシートに下ろされる。

「……」

冷たい皮の感触に、またも、びく、と身体を震わせた俺に、ロレンツォは唇の端を上げるようにして微笑むと、パチ、と運転席へのマイクのスイッチを入れた。

『お呼びでしょうか』

スピーカーからファルコの声が響いてくる。

「あとどのくらいで到着する?」

ジジ、とファスナーを上げながらロレンツォが、少しの息の乱れも感じさせない声で問いかけたのに、

『十五分くらいでしょうか』

運転手に尋ねたあとファルコが答え、ロレンツォの次の言葉を待つように口を閉ざした。

「グラッツェ」

ロレンツォが彼に礼を言い、スイッチを切ったあと、行為の余韻《よいん》に火照《ほて》る身体を持て余している俺へと視線を向ける。

「そろそろ服を着たほうがいいね」

「……はい…」

彼に言われるまでもなく、全裸のこんな姿を人に見られるわけにはいかないと、俺はのろのろと身体を動かし、腰を浮かせて脱ぎ捨てた服へと右手を伸ばした。

「……っ…」

後ろからどろり、と液状のものが流れ落ちる感触に、ぞわ、と全身が総毛立つ思いがし、固まってしまった俺の背後で、ロレンツォの意地の悪い声が響く。

「急いだほうがいい。君の大切なA社の人間にそんな姿を見られたくなければね」

「………」

大切な、という言葉はあからさまな嫌味だった。賭けをしようと言い出したきっかけも、俺が

ファルコに対し気を遣いすぎる云々《うんぬん》、という流れからだったような気がする。

俺がファルコを——A社を大切にすることが、ロレンツォの不興を買うのは何故なのか——わからないな、と首を傾げていた俺は、いきなり目の前に差し出された白い布に、はっと我に返った。

「落し物だよ」

「あ……」

ロレンツォが差し出してきたそれは、彼に脱がされた下着だった。羞恥のあまり、慌てて彼の手からそれを奪い取った俺は、ぐっしょりと濡れたその感触に、何がそれを濡らしたのかがわかるだけにますます羞恥を煽られ、言葉もなく俯いてしまった。

「それを穿くよりは、下着をつけずに服を着たほうがいいんじゃないかな?」

項垂れた俺にロレンツォは尚も意地の悪い口調で話しかけてくる。

「……」

確かに再びこれを穿くのは躊躇われたが、だからといって一着数十万のスーツを、下着もつけずに着るわけにには、とごく当たり前の感覚から躊躇っていた俺の肩に、ロレンツォの手が添えられる。

「そうしなさい、と言われなければわからない?」

要は命令だと悟らせようとしている彼の言葉に、反発を覚える気持ちの余裕はもう俺にはなかった。

「…わかりました」

手の中の下着を離し、大人しくスラックスを手に取り脚を通し始めた俺の耳に、ロレンツォの笑いを含んだ声が響く。

「ああ、しまったな。せっかく賭けに勝ったというのに、僕が勝ったときに君に何をしてもらうか、それを決めるのを忘れていた」

「……………え…」

彼は俺に、これ以上一体何をさせようというのか——呆然としたあまり、思わず顔を見やってしまった俺に、ロレンツォはにっこりと、まるで邪気を感じさせない笑みを浮かべてみせた。

「まあいいか。また楽しい賭けを思いつけばいいだけのことだものね」

邪気がないどころか、華麗な彼の笑顔とはうらはらの、どす黒い彼の欲望がこれでもかというほどこもった言葉に、俺の着替えの手はいつしか止まっていた。

「僕は寛大な男だろう?」

ロレンツォが俺の肩をまたぽん、と叩き、顔を覗き込んでくる。

「Si」

肯定以外の返事はするなと命じられたが故に頷きはしたが、シャツを握る俺の手はぶるぶると震えてしまっていた。

「早く服を着たほうがいい。間もなく到着しそうだからね」

屈辱に震える俺をどこまでも嘲るロレンツォの声が、車内に響き渡る。

「…わかりました」

それにも頷くしかない自分に我知らず唇を噛んだ俺の口の中に、先ほどもきつく噛み締めたせいで滲《にじ》んでしまっていた血の味が広がった。

「………」

俺の脳裏にロレンツォの膝の上で、我を忘れて快楽に喘いでいた己の姿が浮かんでくる。あんな振る舞いをしておいて尚、屈辱に身を震わせるなど、馬鹿馬鹿しいじゃないかと自嘲《じちょう》した俺はふと、頬の辺りに視線を感じ、視線の主を——ロレンツォを見やった。

「……ん？」

突然顔を向けた俺に、ロレンツォが目を見開き、どうしたのだというように問いかけてくる。

「いえ…」

顔を見やった瞬間、彼の顔がまるで痛みを堪えているように見えたのは俺の目の錯覚だったのだろうか——あまりに辛《つら》そうに見えたその表情の名残を探そうと尚も彼の顔を見つめようとした俺に、ロレンツォはにっこりと目を細めて微笑むと、更に俺を嘲るようなことを言い、声を上げて笑った。

「帰り道ではどんな賭けをするか、撮影の間に考えることにしよう」

「……」

やっぱり錯覚だったのか——高らかな嘲笑《ちょうしょう》が車内に響くのを聞きながら俺は、自分の馬鹿げた思い違いに首を振り、再び服を身につけ始めたのだが、その思い違いに違いないロレンツォの痛ましげな顔はなぜか俺の脳裏に焼きつき、いつまでも去ってくれなかった。

8

鎌倉での撮影も予定どおり無事に終わり、高級旅館で夕食をとったあと、ロレンツォと俺は帰路についた。行きの車で予告されたとおり、帰りも俺は彼の膝の上でさんざん身体に悪戯をされることになり、疲れ果ててホテルへと戻ってきたところにフロントで本間《ほんま》部長からの伝言メモを渡された。

「申し訳ありませんが、社に電話を入れてから部屋に戻ります」

ロレンツォは一瞬不快そうな顔になったが、車内での行為が彼を寛大にしていたらしい。

「わかった。先に戻っているが、あまり待たせないようにね」

俺の肩を叩くと、エレベーターへと向かってくれ、俺はほっと安堵《あんど》の息を吐きつつロビーから社に電話を入れた。

『どうなっているんだ。花井《はない》君』

開口一番、部長は厳しい声でそう言うと、少しも連絡を入れなかったことについて俺を叱責《しっせき》し始めた。

『君ほどの男が一体何を考えてるんだ。経緯を報告するなど、基本中の基本だろう』

昼夜を問わずロレンツォに求められ、精も魂も尽き果ててしまっていた俺にはとても、社に連絡を入れる気力が残っていなかったのだが、正直に申告することはどう考えてもできなかった。

「本当に申し訳ありませんでした」

大人しく謝罪した俺に、本間部長はまだ何か言いたそうだったが、今はそれどころではないと思ったらしい。

『三日後にはもう、滞在の最終日を迎えるが、どうなんだ、ロレンツォはA社との契約に合意したのかね』

気になるのはそれ、とばかりにまくし立ててきたが、部長の望むような答えを俺は返すことができなかった。

「それがまだ……」

『敏腕な君らしくないね。なんのためにホテルにまで泊まり込んでアテンドしているんだ。コレクションの日にA社に当社との契約継続を記者発表させるにはあと二日しか猶予《ゆうよ》はないんだよ?』

「本当に申し訳ありません」

なんのためにホテルにまで泊まっているかを部長が知ったら、腰を抜かして驚くに違いないという馬鹿げた考えが俺の脳裏に浮かんだが、さすがに説明する気にはなれずに俺は謝罪の言葉を繰り返した。

『見込みとしてはどうなんだ。可能なのか不可能なのか。不可能なら不可能なりにアプローチを考えなければならないからな』

本間部長は既に俺の能力を疑い始めていた。今までの会社人生で、上司から求められた結果を出せなかったことは一度もない。常に期待に応え——否、期待以上の働きをしてきたという自負が、俺の口を開かせていた。

「不可能のわけがありません」

言ったそばから、しまった、という思いに襲われていたが、俺の言葉は止まらなかった。

「必ずロレンツォにA社との契約を更新させてみせます。そのために先ほどおっしゃったよう、こうしてべったりと彼に張りついているのですから」

『本当だな、花井君』

部長の確認に、ここまで豪語しておきながら俺は一瞬頷くのを躊躇った。

可能か不可能かと言われれば、不可能に近いということは、俺とて認めざるを得ない。今、ロレンツォと俺の関係は圧倒的に彼が優位に立っていた。

俺がロレンツォに張りついているわけではなく、傍にいろと命じられている、それに従っているからに他ならない。しかも彼が俺を傍に置きたがる理由は一つ、性的な嫌がらせで俺をどこまでも辱めようとしている、それだけなのだ。

彼のA社に対するわだかまりも、今日の車中で俺は嫌というほど思い知らされていた。俺がファルコに——A社の人間に気を遣ったというだけで、あのような嫌がらせをしかけてきたのである。またとんでもない賭けでもしない限り、ロレンツォが大人しくA社と契約するとはとても思えなかった。

『花井君、どうしたね』

即答できずにいた俺に、部長が問いを重ねてくる。

できないというのは今しかない、という考えが一瞬俺の頭を掠めたが、俺が口にした答えは――。

「お任せください」

安請け合いにもほどがあるという、自信に満ちたものだった。

『わかった。今後も連絡は密に入れるように』

部長はまだ俺を完全には信じていないようだったが、今までの俺の実績から任せてみる気になったらしい。

「かしこまりました」

最後に釘を刺すことは忘れなかったが、特に新たな指示を与えることなく電話を切った。

「………」

はあ、と安堵の息が俺の口から漏れる。

果たしてこれは安堵すべき事態なのだろうかと思う俺の口からはまた、はあ、という大きな溜め息が漏れていた。

もし俺が『不可能』だと答えたら、部長は俺をロレンツォのアテンドから外しただろう。新たなアプローチを考えるというのはそういうことだ。

そうなればもう、ロレンツォの性的嫌がらせを受けずにすんだというのに、どうして『お任せください』などとあたかも可能であるようなことを俺は言ってしまったのか。

従来の負けん気の強さからか。仕事ができないと思われるのが嫌だったとでも――?

それもあるが、とまた溜め息をつきつつ携帯をポケットにしまい、エレベーターホールへと向かい始めた俺は、ふと、『それも』というのはどういう意味だろうと己の思考に首を傾げた。

他にどんな理由があって、俺はロレンツォのアテンドを降ろされまいと頑張ったのか。まさか彼の傍にいたいと思っているわけでもあるまいに――上へのボタンを押しながら、ふと浮かんだ己の馬鹿馬鹿しい考えに、思わず吹き出しそうになった俺の胸はそのとき妙にどきり、と脈打ち、そのまま鼓動が速まり始めた。

「……?」

自身の身体の反応に戸惑いを覚えていた俺の前で、エレベーターの扉が開く。一人箱に乗り込み、最上階に近いロレンツォの部屋の階のボタンを押した俺の頬には血が上り、頬の熱さは次第に身体全体への熱へと変じていった。

「どうしたんだ…」

動揺したあまり、思わずぽろり、と口から呟《つぶや》きが漏れる。さんざんロレンツォに弄られた身体が熱く火照り、何度も貫かれたそこも、じん、と熱を発している。

馬鹿な――戸惑っているうちにエレベーターは指定階へと到着し、歩き出そうとした俺は、スーツに前を擦られる感触に、びく、と身体を震わせていた。

「そんな…」

またも動揺から俺が声を漏らしてしまったのも無理のない話だった。なぜか俺の雄はスラックスの中で形を成し始めていたのだ。

一体どうしたというのだろうと慌てながらも、なんとか自身を鎮《しず》めようと大きく息を吐き出し、俺はロレンツォの部屋へとゆっくりと歩き始めた。

『あまり待たせないようにね』

不機嫌な声でそう命じたロレンツォの顔を思い出した途端、また俺の雄は硬さを増し、俺を慌てさせた。

本当にどうしたというのだろう。まさかロレンツォの命令に従うことに俺は慣れ始めているのだろうか。

慣れるどころか、望んでいると——？

じん、とまた後ろが熱く疼《うず》き、スラックスの前に擦れる雄が硬くなる。

そんな馬鹿な、と俺は激しく首を横に振って己の頭に浮かんだ考えを振り落とすと、もう何も考えまいと心を決め、部屋を目指し足早に歩き始めた。

そう、今俺が考えなければならないのは、ロレンツォにいかにしてA社との契約を結ばせるか、それだけなのだ。

それ以外の何を考えろというのだと自分に言い聞かせつつ、殆ど小走りになって廊下を駆け抜け、部屋の前に立った。

一応ノックはしたあと、持っていたカードキーでドアを開き、中へと足を踏み入れた途端、俺はその場に固まったまま動けなくなっていた。

室内ではロレンツォがにこやかに微笑んでいた。そして彼の傍らではなんとあの、A社の社長

のである。

秘書、ファルコがやはりにこやかな笑みを浮かべて立っており、ロレンツォに片手を預けていたのである。

「やあ、フィオーレ。遅かったね」

俺に気づいたロレンツォが声をかけてきたのに、ファルコがさりげない動作で彼の手から己の手を引き抜いた。

「申し訳ありません」

答える声がなぜか酷く掠れてしまっていた。火照っていた身体から一気に熱が引いてゆく。

「謝る必要はないよ。ちょうどいいタイミングだ。今、打ち合わせが終わったものでね」

言いながらロレンツォが立ち上がったのに、ファルコが恭しい仕草で彼に向かって頭を下げた。

「ありがとうございました。それではまた明朝に」

「ああ、楽しみにしている」

ロレンツォが俺などには向けたことがない、優しげな笑みを浮かべてファルコを見やる。その顔になぜか俺の胸は、先ほどとはまた違う感じでどきり、と妙に脈打った。

いや、脈打ったというよりは、まるで鋭利な刃物を突き付けられたような痛みを覚えているのだ、と、無意識に胸の辺りを押さえた俺へと、ファルコが近づいてくる。

「失礼、部屋を出たいのですが」

彼が俺に近寄ってきたというよりは、俺の背にしていた部屋のドアに歩み寄ってきたのだということに、挨拶《あいさつ》されるまで俺は気づくことができないでいた。

「大変失礼しました」

慌ててドアの前から退いた俺にファルコはにっこりと、まさに花のような笑みを浮かべ、軽く頭を下げた。

「それでは、おやすみなさいませ」

「おやすみなさい」

挨拶を返した俺に微笑を残し、ファルコがドアから出てゆく。思わずその姿を見送ってしまっていた俺は、

「フィオーレ」

背後からロレンツォに呼びかけられ、はっと我に返った。

「はい？」

「予定が変わった。明日は鎌倉での撮影はキャンセルし、ファルコとショーの打ち合わせをすることになった」

「……そうですか…」

聞いていない、と驚いたと同時に、『ファルコと』という言葉にまた胸がずきり、と痛み、一体どうしたことかと俺は内心慌てながらも、相槌だけは打たねばとロレンツォに無理やり作った笑顔を向けた。

「お打ち合わせはどちらであるのですか？　リムジンをお回ししますが」

体裁《ていさい》を繕《つくろ》うと、自然に普段の心配りができるようになった。他に何か必要なことはないかと俺

は動揺を押し隠し頭を巡らせ始めたのだが、ロレンツォの答えに再び俺の思考はぷつり、と途絶えることになった。

「リムジンの必要はない。打ち合わせの場所はこのホテルだ。ファルコの部屋に衣装が運び込まれているのでそこで行うことになった」

「……え……」

ファルコの部屋で——今見たばかりの親密そうな二人の様子が、俺の脳裏に甦る。

「……お部屋番号は…」

何に動揺しているのだと震える指先をぎゅっと握り込み、俺はロレンツォに問いかけたのだが、

「内々の打ち合わせだからね。同席の必要はないよ」

ぴしゃり、と彼にそう言われ、またも襲いくる胸の痛みに、ぎゅっと拳を握り締めた。

「フィオーレ?」

返事の遅れた俺に、ロレンツォが不審げな顔を向けてくる。

「失礼しました。かしこまりました」

「君も疲れただろうから。明日はゆっくり部屋で休むといいよ」

ロレンツォがにっこりと俺に微笑んでみせる。先ほどファルコに向けた優しげな笑みではない、完璧に作られた笑顔に俺の胸はまた、ずきり、と自分でも驚くほどに痛んだ。

「おいで、フィオーレ」

ロレンツォが俺に向かい、真《ま》っ直《す》ぐに右手を伸ばしてくる。

「はい…」

俺も必死で笑顔を作ろうとしたのだが、なぜか頬が引きつりうまく笑うことができなかった。

「そんな嫌そうな顔をするもんじゃないよ」

ロレンツォが苦笑するように笑い、歩み寄る俺の頬をぴしゃ、と軽く叩く。

「申し訳ありません」

深く頭を下げた俺の耳に、微かなロレンツォの溜め息の音が聞こえた気がしたが、顔を上げたときに彼の顔に浮かんでいたのはいつもの意地の悪い笑みだった。

「謝罪したということは、『嫌そうな顔をした』ことを認めるんだね？」

「いえ、そのようなことは……」

そういうつもりはなかった、と慌てて首を横に振った俺の顔を、ロレンツォが相変わらず意地悪く微笑みながら覗き込んでくる。

「本来なら君は、こんな部屋にはいたくないと思ってるってことかな？」

「いいえ、違います」

首を横に振りながら俺は、またいつものパターンに陥りつつあることをおぼろげに察していた。

「ここにいるのは君の意志だと？」

「はい」

こうして俺に、すべて自由意志だと認めさせておいて、彼は常に酷い仕打ちをするのだ——決して自分が無理強《じ》いしたわけではない、俺がその道を選んだのだと高らかに笑いながら、辱めを与えられるという今までの経験が、俺に危険を察知させていたが、それを止める手立てはなかった。

「それを聞いて安心したよ」

ロレンツォが俺の腕を引き、彼の胸に抱き寄せる。

「君は本当に従順だね」

ぽん、と背を叩きながら耳元で囁かれた声が、やけに冷めているように感じ、反射的に顔を上げた途端、いつの間にか背を滑り降りていた手でぎゅっと尻を掴まれ、堪らず俺は彼の胸に縋《すが》りついた。

「可愛いフィオーレ。今夜は何をして楽しもうか」

くすくす笑いながら俺をじっと見下ろすロレンツォの顔には、いつもと違ったところはまるでない。

「…あっ……」

やっぱり錯覚だったのかと首を横に振りかけたとき、尻を掴んだ指が布越しにそこを抉ってきた。

堪え切れない声を漏らした俺の脳裏に、一体俺は何をやっているのだろうという空《むな》しい思いが去来する。

仕方がないじゃないか。従うより他に道はないのだから、と自身に言い聞かす声にかぶせ、本当にそうか、という己の声が響いてきた。

本当に俺には、ロレンツォに従う道しか残されていないのか？　拒絶するという道も確かにあるはずなのに、それから目を逸らしているのではないのか？

他に道がないというのは彼に抱かれるための口実に過ぎないのじゃないか？

違う——そんなことがあるわけがない、とまたも首を横に振ろうとした俺に、

「フィオーレ、何を考えているんだい？」

ロレンツォの不機嫌な声が飛ぶ。

「ぼんやりするなんて、随分余裕だね」

「…っ……申し訳ありません」

苛《いら》つく声を出しながら、ぐっと服越しに指を挿《さ》し入れてきた彼に、びく、と身体を震わせながらもまた詫びてしまった俺は——もしかしたら続く彼の言葉を待っていたのかもしれなかった。

「また謝ったということは、ぼんやりしていたということを認めたということだね」

「……いえ…」

まるで自分がわざと彼に付け入る隙《すき》を与えているような気がする——そんな馬鹿な、と頭では否定しながらも、行為自体はそうとしか思えず、愕然としていた俺の身体をロレンツォが軽々と抱き上げる。

「君が悪いことをしたと思っているのなら、お仕置きをしないといけないな」

「……っ……」

お仕置き、という言葉に俺の頭にカッと血が上り、身体が熱を持ち始めた。

「どういう風に苛《いじ》めてほしい？」

ロレンツォが俺を抱き直し、額をつけるようにして顔を覗き込んでくる。彼の瞳の中に燃え盛る欲情の焔を見たとき、もしや俺の瞳にも同じ焔が燃えているのかもしれないと思った途端、気づかれまいと俺は目を伏せ、彼から顔を背けた。

「だから嫌そうな顔はしないでくれよ」

ロレンツォは俺の仕草をそう判断したらしい。不機嫌そうに鼻を鳴らした彼に、違うのだ、と説明しようにも、自分自身がどう違うのかを理解していなかった。

「微笑みまでは強要できないか」

そのまま寝室へと向かい、ドサ、と勢いよく俺をベッドへと下ろしたロレンツォが、ぼそりと呟く声がしたが、はっきりと内容は聞き取れなかった。

聞き違いだろうか――顔を上げた俺の目の前に、獲物を前にした獣のごとき、ロレンツォの光る瞳があった。

「服を脱いで。僕を淫らに誘ってごらん」

「………はい…」

身体を起し、服を脱ぎ始めた俺の指先は細かく震えていた。その震えが屈辱を堪えたものなのか、それともこれから始まるであろう行為に昂ぶっているせいなのか、俺にももう、よくわからなくなっていた。

全裸になり、これからどうしたらいいのだとロレンツォを見上げた俺に、彼の朗らかな声が響く。

「誘ってごらんと言っただろう？」

その声がどこか空しさを湛えているように聞こえたのは多分、己の胸に溢《あふ》れる虚脱感のせいだろう。

どう誘えばいいのかわからないと立ち尽くす俺の顎にロレンツォの手が伸び、上を向かされる。

「誘い方がわからない？」

じっと俺を見つめる黒い瞳。紅潮した頬。高い鼻梁《びりょう》。紅い唇――神の手による完璧な造形と称されることの多い華麗な彼の顔を前に俺の身体の熱が増し、下肢に血が集まってくる。

「……はい…」

形を成してきた自身を気づかれまいと、さりげなく手で隠そうとしたのに、ロレンツォは簡単に察してしまった。

「フィオーレ、もう興奮しているの？」

にやり、と笑って俺の両手を摑み、無理やり前から外させようとする。

「……っ……」

羞恥から思わず彼の手を振り解こうとした俺に、ロレンツォが歌うような声で命じた。

「フィオーレ、僕は見たいと言ってるんだよ」

「………はい…」

はっきりと言われてしまっては、従わざるを得なかった。力を抜いた俺からロレンツォが手を放す。

「見せて」

「はい」

言われるがままに手を両脇へと下ろし、勃ちかけた雄を露《あらわ》にする。射るような彼の視線を感じるうちに俺の頬には血が上り、雄はますます形を成してきてしまった。

「君は見られると興奮するのかな？」

腕組みをし、じっと俺に目を注いだままロレンツォが俺に笑いかけてくる。

「……」

そんなことはない、と心の中で叫ぶ己の声が、空しく俺の中で響いていた。彼の言うとおり、黒い瞳に見つめられるうちにどんどん自分が昂ぶっていくのを抑えることができない。

「そうだ、いいことを思いついた」

じっと項垂れ、羞恥に身を焼いていた俺の前で、ロレンツォが明るい声を上げた。

「見られると興奮するのなら、フィオーレ、自分でしてみせてくれないか？」

「え？」

何を、という目的語を尋ねようと顔を上げたと同時に、一歩俺へと歩み寄ってきたロレンツォが俺の腕を摑み、俺の雄へと導いた。

「……あ……」

途端に俺は彼が何を求めているのかを察し、目の前が暗くなるほどのショックを覚える。

俺が自分で自分を慰めているところを見たい――彼の思いついた『いいこと』はまたも俺のプライドをずたずたに引き裂く手ひどいものだった。

「わかったようだね」

ロレンツォが嬉しげに微笑み、顎でベッドを示してみせる。

「そこに座って。僕に向かって脚を開いて。さあ。やってみてごらん」

「………」

ロレンツォに言われた姿勢をとっている自分の姿を頭に思い描いたとき、叫び出したいほどの羞恥の念が俺を捉えた。

が、同時に俺の雄はどくん、と大きく脈打ち、鼓動が速まり始めたのも事実だった。

「さあ、フィオーレ」

ロレンツォに背を促され、俺はのろのろとベッドの上に上がり込むと、言われたとおりに両脚を開いた姿勢で座った。

「はじめて」

ロレンツォが俺の正面に立ち、再び腕組みをして俺の恥部へと目を注ぐ。

「………はい……」

頷きはしたが、俺の手はなかなか上がらなかった。自慰を人前でするなどできるわけがないという、常識人としての理性が俺の身体を強張《こわば》らせていた。

「フィオーレ。はじめて」

だがロレンツォに再び命じられたとき、彼の声に苛立ちがこもっていることに気づいた俺の手は、のろのろと自身の雄へと向かっていた。

「君はいつもどうやって弄っているのかな？」

ロレンツォが俺を促すようなことを言い、じっと俺の手を見つめてくる。

「………」

こうして、と答える代わりに俺は、ゆるゆると自身を扱き上げ始めた。どちらかというと俺は性的には淡白なほうで、自慰も滅多にしない。特別なやり方などあろうはずもなく、淡々と手を動かしていた俺の耳に、ロレンツォのバリトンの美声が響いてきた。

「いつも前しか弄らないのかな？　後ろを自分で触ったことは？」

「…え…」

思いもかけない問いかけに、素《す》で驚いた俺は顔を上げたのだが、ロレンツォはそんな俺のリアクションをいたく気に入ったようだった。

「フィオーレ、僕は君にまた一つ、淫らな悦びを教えてあげることができそうだ」

「……え……」

にっこりと目を細めて微笑まれ、戸惑いのあまり動きを止めてしまった俺へとロレンツォがゆっくりと近づいてくる。

「手を」

雄を握っていた右手の手首をロレンツォが掴み導いていったのは——俺の後孔《こうこう》だった。

「そしてこちらの手で」

呆然としていた俺の、今度は左手の手首を摑み、ロレンツォがその手を俺の雄へと導いてゆく。

「さあ、後ろに指を挿《い》れて。自分で弄ってみせてごらん」

「……え……」

そんな——できるわけがない、と手を引こうとした俺に、厳しいロレンツォの声が飛んだ。

「フィオーレ、やりなさい」

「……」

ロレンツォの怒声に、びく、と俺の身体は震えたが、やはり命じられたとおりに動くことはできなかった。

「仕方がないな」

ロレンツォがまた俺へと屈《かが》みこむと、右手の人差し指を摑む。

「さあ、フィオーレ」

言いながらロレンツォが、俺の指をずぶ、とそこへと挿入させる。

「……っ…」

途端に後ろがひくひくと蠢《うごめ》き、自身の指を締め上げてきたのに、俺はぎょっとしたあまり指を抜こうとしたのだが、ロレンツォはそれを許さなかった。

「もう一本、挿れてみよう」

片手で俺の後ろを広げながら、もう片方の手で今度は中指を摑み、無理にそこへと捻じ込もうとする。

「…や…っ……」

二本目の指もやすやすと受け入れたそこは、その指をもきゅうっと締め付け、俺をいたたまれない思いにさせた。

「さあ、あとは自分でできるだろう？」

ロレンツォが身体を起こし、俺に熱い眼差《まなざ》しを向けてくる。

彼の瞳の中には欲情の焔が立ち上り、きらきらとまるで天空に輝く美しい星のような煌めきを発していた。

「フィオーレ。手を動かしなさい」

形のいい彼の唇がゆっくりと動き、まるで幼子に用を言い付けるような声が室内に響き渡る。

「さあ、フィオーレ」

唇の間からロレンツォの舌が覗く。紅い舌先が目に飛び込んできたとき、俺の後ろはひくひくと蠢き、中の指を締め上げた。

「……あっ……」

知らぬ間に俺の右手の指は、俺の中をかき回し始めていた。左手は俺の雄を、ゆるゆると扱き上げてゆく。

「はぁっ……あっ……あっ…あっ…あっ…」

だんだんと頭の中が真っ白になってゆく。ロレンツォの美しい黒い瞳が、紅い舌が、時々視界を掠めては俺の欲情を煽っていった。

「あぁっ……あっ…あっあっあっ」

俺の中を抉る指は、今やロレンツォのものになっていた。前を扱き上げる手もロレンツォの繊細な指先だ――頭の中で姿を思い浮かべるその本人を目の前に、いつしか俺は自身の指で後ろをぐちゃぐちゃぐちゃと乱暴にかき回し、前を激しく扱き上げていた。

「んっ……んんっ……」

なかなか奥に到達しない指の動きに、焦《じ》れて腰が揺れてくる。もっと奥を満たしてくれるものが欲しいのに得ることができない、そのもどかしさが俺を一匹の野獣に貶《おとし》めた。

「あっ……あぁっ…」

自らもう一本、指を増やし、片脚を上げて更に奥を抉ろうとする。前を扱く手を速めながら、それでもまだ絶頂に到達できないもどかしさに目を泳がせたそのとき、いきなり両手首を摑まれ、俺ははっと我に返った。

「いやーっ」

俺は今まで何をしていた――？　気づいた俺の口からは悲鳴のような声が漏れていた。

「いやぁ……」

「フィオーレ、何が嫌なのかい？」

前のめりに倒れ込み、シーツに顔を伏せた俺に、ロレンツォがゆっくりと覆いかぶさってくる。

嫌だ――こんなのは自分じゃない。人前で自慰をし、もどかしげに腰を振るなど、俺がやることじゃないんだ——。

頭の中で自分が狂ったように叫ぶ声が聞こえていた。アイデンティティーの崩壊が俺に恐怖に似た念を呼び起こしたせいで、身体はぶるぶるとまるで瘧《おこり》のように震えてしまう。

「フィオーレ、どうしたの」

だがその震えも、ロレンツォが俺を後ろから抱き締めるようにして耳朶に唇を寄せ、そう囁いてきたときには嘘のように収まっていった。

「嫌なことなどありはしない…そうだろう？」

ロレンツォの指が未だにひくついている後ろへと挿し入れられ、もう片方の手が、ぽたぽたと先走りの液を零している自身を握り締めてくる。

「…あっ……」

彼の両手が俺の前後を弄り始め、俺の身体はまたびく、と震えたが、それは恐怖からではなく寄せくる快楽の波へと呑み込まれつつあるからだった。

「フィオーレ」

ロレンツォが俺の名を——彼だけが呼ぶ俺の名を囁きながら、左右の手を激しく動かし始める。

「あぁっ……あっ…あっあっあっ」

独力では到達できなかった絶頂へと俺は今、上り詰めつつあった。ロレンツォの繊細な指を前に、後ろに感じ、高く喘ぎ続ける俺はもう、アイデンティティーの喪失への恐怖を感じてはいなかった。

「挿れてもいい？」

耳元で囁かれるロレンツォの問いかけに、激しく首を縦に振り、腰を突き出していた俺はまた、一匹の野獣と化していた。

性欲に従順な獣《けだもの》が俺の中には棲《す》んでいる——ロレンツォの言い付けに身体を熱くし、身悶えるのは俺であって俺じゃない。

だからこそ俺はロレンツォにも従順で、彼の突き上げを求めて腰を振っているのだ——頭の中で響く自分の声の向こうで、

『本当か』

疑問を感じる己の声が響いている。

彼の突き上げを求めているのは本当に『俺』ではないのか？　俺とは違う獣なのか、という己の声が俺の頭の中で響き渡り、俺に答えを求めようとしたそのとき、

「あぁっ……」

一気に後ろを貫かれ、頭の中で響いていた俺の声は自身の喘ぎへと紛《まぎ》れていった。

「あっ…はぁっ…あっあっあっ」

パンパンと音が立つほどの彼の激しい律動に高く喘ぐ俺にはもう、思考する力は残っていなかった。

「あぁっ…あっ…もうっ…っ…もうっ…いくっ……」

力強い突き上げにあっという間に絶頂へと導かれた俺の唇から、絶叫というに相応《ふさわ》しい声が発

せられる。

「あぁっ…」

白濁した液を辺りに撒《ま》き散らし達した俺を、後ろから伸びてきた手がしっかりと抱き締め支えてくれた。

「フィオーレ」

やたらと安堵を感じさせるその腕に身体を任せ、目を閉じた俺の耳元に、バリトンの美声が響いてくる。

「あぁ……」

安らぎにも似た気持ちに満たされ、目を閉じた俺の耳元でまた、ロレンツォの声が響く。

「僕の淫らな花《フィオーレ》」

『僕の』――その所有格に俺の胸は熱く滾《たぎ》り、涙が零れ落ちそうになる。

それがなぜか、わかるようでわからない自身の心理を持て余している俺の胸をロレンツォの掌が這い回り、ぷく、と勃ち上がっていた胸の突起を擦り上げる。

「あっ…」

「また淫らに乱れておくれ」

俺の胸を擦り上げながら、ゆっくりと腰を動かし始めるロレンツォが、未だ熱の冷めやらない俺の身体に欲情の火を灯してゆく。

「ああっ…」

彼の望むまま、淫らな喘ぎ声を上げる俺の閉じた瞼《まぶた》からは、自身にも理由のわからない涙が、汗に紛れて一筋流れ落ちていった。

9

いよいよA社のコレクションが開催されることになった今日、俺の携帯は朝から鳴りっ放しだった。

『花井君。ロレンツォはA社との契約に合意したのか？』

電話の主は本間部長で、内容は毎度この確認だった。

「申し訳ありません」

俺の答えも一緒だった。昨日、ロレンツォは俺の寝ているうちにA社との——ファルコとの打ち合わせに彼の部屋へとでかけ、夜中になるまで部屋に戻ってこなかった。

深夜一時過ぎに戻ってはきたが、俺に声をかけることもなく俺の寝ていないほうのベッドへと潜り込んでしまい、話をする機会がまるでなかったのだ。

『コレクションが始まる前に、確認をとることはできないのかね』

本間部長に再三せっつかれ、仕方がない、と俺はファルコに連絡をとり、ロレンツォの居場所を尋ねることにした。

果たしてコレクションの準備で忙しくしている彼に、契約更新の確認などとれるのだろうか——とれない確率のほうがどれだけ高いか、と思いつつも俺が本間部長の言い付けに従っているのは、もしかしたら俺自身が、ロレンツォとの会話を求めていたからかもしれなかった。

昨夜彼は俺を抱かなかった。これまで毎晩、それこそ最後は俺が気を失ってしまうまで、激しく求められてきたこともあり、てっきり昨夜もその種の行為が待っているものだと思っていたのに、昨夜ファルコの部屋から戻ってきた彼は俺に触れようともしなかった。

今朝も部屋まで迎えにきたファルコと楽しげに談笑しながら出ていった彼は、「いってらっしゃいませ」と頭を下げた俺に目もくれなかったように思う。

もう俺に嫌がらせをするのにも飽きたのか。彼にとって俺は、眼中にもない存在になってしまったのか——そう考えたとき、俺の胸には自分でもどうしたのかと思うほどのやりきれなさが溢れた。

ロレンツォに確かめたかった。何を、と問われるとうまく自分でも表現できないのだが、彼にとっての自分の存在をはっきりと認識したくて俺は、部長に命じられるままに彼とコンタクトをとろうとしていた。

ファルコとはすぐ連絡がつき、彼とはロビーで待ち合わせをした。

「ロレンツォはコレクション用に用意した控え室にいます」

「コレクションが始まる前に、彼と話をすることはできますか?」

短い時間でいいのですが、という俺の問いに、ファルコは少し複雑な表情になった。

「どうでしょう……控え室には誰も入れないようにと指示されるほど、ショーの前は常にナーバスになっているのですが」

「伺《うかが》うだけ伺ってみてもらえませんか」

そんなナーバスになっている状態であれば尚更、彼にA社との契約の継続など頼めないであろうとはわかっていたはずなのに、俺はファルコを前に粘っていた。

「わかりました。聞くだけ聞いてみましょう」

ファルコは、多分無理だろうとでも思ったのだろう、軽く肩を竦めると俺の前に立って歩き始めた。

「少々お待ちください」

ファルコがノックをして室内に入る。少しの躊躇いも感じさせない彼の動きに、もしや彼だけは部屋に入ることを許されているのかと思った俺の胸は、変な風にどきり、と高鳴った。

まただ——一体どうしたことだと、シャツの前を握り締めていた俺の前で部屋のドアが開く。

「ロレンツォの許可がとれました。どうぞ」

可憐《かれん》な微笑みを浮かべ、微かに開いたドアの隙間からするり、と室外へと出てきたファルコが、ドアノブを手に室内を示してみせる。

「ありがとうございます」

よかった、会ってくれるのだ——ファルコの言葉に俺の胸には、安堵とそして、喜びとしかいえない思いが広がっていた。

彼が俺との面談を断らなかったというだけで、なぜに喜ばしいとまで思えるのか——わけのわからない己の感情に密かに首を傾げていた俺に、ファルコが声をかけてくる。

「それでは、何かありましたらまた携帯に連絡をください」

「ありがとうございました」

部屋の外で軽く頭を下げてきた彼に丁寧に礼を言い、俺はまた違った意味で高鳴り始めた胸の鼓動を持て余しつつ、そろそろと室内に入っていった。

控え室だというこの部屋は、通常スイートルームとして使われているようだったが、次の間の応接セットは取り去られ、代わりにショーに用いられるらしい衣装が下がったハンガーと、大きな鏡が部屋の中央に置かれていた。

「ロレンツォ？」

彼の姿を求め、室内を見回したが無人のようである。寝室のほうか、と俺はドアをノックし、そろそろとドアを開いた。

「やあ、フィオーレ」

果たしてロレンツォは寝室にいた。シャワーを浴びたのか、バスローブ姿の彼は、部屋の中央に置かれたキングサイズのベッドの上ではなく、窓辺の書き物机の前に座り、モバイルを叩いていた。

「少しお話させていただいてもよろしいでしょうか」

ちらと俺を振り返ったきり、再び視線を戻したモバイルの画面から顔も上げない彼を前に、変に鼓動が速まってくる。

「話？」

キーを叩いていたロレンツォの指がようやく止まった。くるり、と椅子《いす》を回して彼が俺を振り返る。

「話の内容によるけれど。一体君は僕に何を話したいのかな?」

にっこりと黒い瞳を細めて微笑んできた彼は、ファルコの言うよう『ナーバス』には見えなかった。いつも俺に対するときとまるで変わらぬ表情、変わらぬ態度で話しかけてくる。

「……あの……」

意地の悪さを感じさせる彼の微笑みと口調を前に、俺はどう話を切り出すかを迷い、一瞬口を閉ざした。

「なんだい? フィオーレ。思いつめた顔をして。何を言いたいの? お願いごと? それともクレームかな?」

ロレンツォがにやにや笑いながらわざとからかうようなことを言い、俺の顔をじっと見つめる。

「お願いごとなら聞く耳を持たないでもないけれど、クレームはさすがに聞きたくはないね」

「お願い、と申しますか」

ロレンツォの戯言《ざれごと》に乗じてしまったのは、自分でも彼に何を話したいのか、わからなくなってしまっていたからだった。

話すことは一つのはずだった。A社との契約を結んでくれるか否か、それを確かめにきたはずなのに、いま少しのところで俺はまるで違うことを彼に尋ねようとしていた。

『どうして昨夜は私を抱かなかったのです』

もう俺に興味がないのか。俺をいたぶるのに飽きたのか——次々と頭に浮かぶそんな言葉が俺をうろたえさせ、目の前に提示された彼の言葉に飛びついてしまったのだった。

「なに？」

ロレンツォが綺麗な黒い瞳を見開いてみせる。

思わずその瞳の輝きに引き込まれそうになることにまた狼狽《ろうばい》しつつ、俺は必死で、今、自分が彼に尋ねるべきことを尋ねなければと口を開いた。

「A社との専属契約の件なのですが…」

おずおずと喋り出した俺の目の前で、ロレンツォの顔から笑みが消え、眉間にはくっきりと縦皺が刻まれてゆく。

「君の話はそのことか」

「いえ、あの…」

不機嫌さを隠そうともしない声を上げ、ロレンツォは椅子から立ち上がると、俺の身体を押し退《の》けるようにして寝室を出ていった。

「ロレンツォ、あの…」

待ってください、と俺は慌てて次の間へと向かう彼のあとを追う。

「本当に君は、よくよく仕事熱心とみえる」

ロレンツォは姿見の前で足を止め、踵《きびす》を返して俺を振り返った。

「僕がA社との専属契約を継続する。それが君の『お願い』なんだろう？」

腕組みをし、じっと俺を見下ろす彼の顔は笑っていたけれど、黒い瞳は少しも笑ってはいなかった。

「……」

確かにそれは俺の、彼への最大級の『お願い』のはずであるのに、なぜかそう思う俺の胸には違和感としかいえないものが芽生えていた。

それゆえ黙り込んでしまった俺の耳に、ロレンツォの聞こえよがしな溜め息が響いてくる。

「否定しないということは、まさにそのとおりということなんだね」

「いえ、そういうわけでは…」

慌てて首を横に振ろうと顔を上げた俺は、ロレンツォの視線のあまりの厳しさに、びく、と身体を震わせてしまった。

瞳の中に燃え盛る怒りの焔が鋭い光線となって俺の身体を射抜き、ますます口がきけなくなる。

「今まで身体を自由にさせていたのも、その『お願い』のためだったというわけだ」

ロレンツォが一歩を踏み出し、俺の顔を覗き込んでくる。

「いえ…」

同じだけ下がろうとした俺は、突然伸びてきた彼の手に、痛いくらいの力で両肩を摑まれ、後ずさる足を止めた。

「ならどうして君は、大人しく僕に抱かれてきたのかな?」

ロレンツォが更に顔を近づけ、俺の目を見据えながらそう問いかけてくる。

「それは……」

ロレンツォの機嫌を損ねたくなかった。A社と我が社の契約の条件である、彼とA社との専属契約の締結をお願いしたかったから——ということ以外、俺が彼に抱かれていた理由などないはずだった。

いかにそれを押し隠し、もっともらしい理由を捻《ひね》り出すか、今の俺がすべきことはそれだけだといってもいいくらいであるのに、ロレンツォの問いかけに俺の頭の中は、そのとき真っ白になっていた。

なぜ彼に抱かれてきたのか——抱かれたかったから、という言葉が、その真っ白になった頭の中に、ぽん、と浮かんだまま消えていかない。

そんな馬鹿な——抱かれたいわけないじゃないか、と己の思考に首を振りかけた俺は、

「それはそれでかまわないよ」

ロレンツォの明るい声にはっと我に返った。

「日本人は仕事熱心で勤勉だ。その中でも君は最たるものだ、ということだものね」

「いえ、あの…」

ロレンツォの口調は明るかったが、表情はどこまでも不快そうだった。しまった、と俺は必死で取り繕うとしたのだが、それより前にロレンツォは驚くべきことを言い出した。

「君がそこまで言うのなら、A社との契約を結んでやらないこともない」

「本当ですか！」

思わず大声を上げた俺の前で、ロレンツォが苦笑としか言えない笑みを浮かべる。

「やっぱり君の目当てはそれか」

驚きのあまり上げた大声を、ロレンツォはてっきり俺がはしゃいでいると勘違いしたようで、やれやれ、というように肩を竦めた。

「いえ、あの…」

「正直さは美徳だ。僕は正直な人間が好きだよ」

揶揄《やゆ》することを言いながらも俺の言い訳を封じたロレンツォが、摑んでいた俺の肩を離し、ぽん、と軽く叩いた。

「だがそれには条件がある」

「条件、ですか」

にやり、と唇の端を上げて微笑むロレンツォの目には、いつものあの意地の悪い光が宿っていた。

「ああ。また賭けをしようじゃないか。その賭けに君が勝ったら、僕はその場で契約書にサインをするよ」

「賭け…」

俺の脳裏に、かつて彼に『賭け』を持ちかけられたときのことが甦っていた。走るリムジンの中での、あの淫らな賭けの勝者はロレンツォで、俺はまんまと彼の策略に嵌ってしまったのだけれど、また彼は同じような目に俺を遭わせようとしているのだろうか。そう案じるあまり即答できずにいた俺は、続く彼の言葉に仰天《ぎょうてん》し、またも大きな声を上げてしまった。

「今回の賭けは、そうだな。君が僕と一緒にコレクションに出て、無事に舞台を終えること。それでどうだろう」

「なんですって？」

コレクションに出る――？　著名なモデルの彼と一緒に俺がショーに出る？

「できるわけがありません」

不可能だ、と俺は即座に首を横に振ったのだが、ロレンツォは笑顔で俺の拒絶を押し戻してきた。

「不可能ではない。モデルになるには身長は足りないが、君は充分舞台映えすると思うよ」

「無理です。そんな…」

自分に足りないものは身長だけではないことくらい、誰より自分がよく知っていた。固辞しようとした俺だが、ロレンツォが『賭け』の条件を思い出させてきたのに、うっと言葉に詰まってしまった。

「おかしいな。君は僕にA社と契約させたいのだとばかり思っていたけれど、まさか賭けを降りるのかい？」

「………」

そうだ――ロレンツォに契約を結ばせるためには、賭けに乗る以外ないのだと思いはしたが、それでも頷くことができないでいる俺に、ロレンツォはあまりに酷いことを言ってきた。

「今までなりふりかまわず、なんでもしてきた君とは思えない意気地のなさだね」

「……っ…」

なりふりかまわず——そんな風に捉えていたのか、と思った俺の胸に、ずきり、と重い痛みが走った。

「どうする？　フィオーレ。賭けに乗るか、降りるか」

選ぶのは君だ、とロレンツォがにこやかに微笑みながら、じっと俺の目を見据えてくる。

「………やります…」

頷いた俺は多分、自棄になっていたに違いなかった。ショーに出てモデルを務めるなど、素人《しろうと》の俺にできるわけがなかった。無様に立ち往生するに決まっている。そんな俺の姿をロレンツォは笑おうとでもしているんだろう。それなら笑われてやろうじゃないか——どうしてそんな自棄を起こしてしまったのか、自分でもよくわからないままに頷いた俺の前で、ロレンツォの目が今日初めて真の笑いに細まった。それまで彼の目は少しも笑っていなかったのだ。

「それじゃあ、ファルコに早速《さっそく》衣装を用意させよう」

ロレンツォがまた俺の肩を叩き、身体を離す。真っ直ぐに電話へと向かっていく彼の後ろ姿を目で追う俺の胸はまた、ずきり、と鈍い痛みに疼いたが、その痛みの理由も俺にはよくわからなかった。

今日のショーは、殆どの服を日本人のモデルが着ることになっていた。ロレンツォは特別ゲストということで、ショーの最後に礼服で登場する、という構成だ。

ロレンツォはその礼服を俺の分も用意させ、二人で最後に登場したいという、よく考えると——いや、考えるまでもなく、とんでもない申し出をファルコにしたのであったが、更に驚くべきことにファルコはすぐ了承し、俺の分の礼服をあっという間に用意した。

「ステージの先端まで行ったあと、前にしつらえた階段からフロアに降りていただく趣向になっています」

ファルコは淡々と俺に段取りを説明したあと、出番まであと一時間ほどだと告げて部屋を出ていった。

「フィオーレ、シャワーを浴びておいで」

俺のヘアメイクはロレンツォがやってくれることになっていた。彼は常に自分でやっているのだという。

「はい」

今更のように緊張が高まってきたが、やっぱりやめる、とはとても言えない状況だった。先ほど俺は部長にショーに出ることになったと報告し、ロレンツォとA社の契約についても曙光《しょこう》が見えたと報告したばかりだった。

部長はなぜ俺がショーに出るのかと随分驚いていたが、契約の更新が望めそうだという俺の言葉にはこの上なく喜んでいた。

『頼むよ、花井君』

期待している、という彼の言葉を重く感じながら手早くシャワーを浴び終え部屋に戻ると、既にロレンツォは自身のヘアメイクを終えており、

「おいで」

と俺を洗面所の鏡の前へと連れていった。

メイクといってもファンデーションを塗り、眉を整えるくらいのことだった。今日着る礼服はタキシードとのことで、髪を後ろに撫《な》で付けられ、かっちりとしたオールバックの髪型にされる。

「美しい」

鏡越し、微笑んできた彼のほうが余程美しいと思いつつ俺は彼の手を煩《わずら》わせたことに対し、謝罪と礼をするため口を開こうとした。

「あの…」

「それじゃ、フィオーレ」

だが一瞬早く、鏡の中でロレンツォの手が動き、俺が着ていたバスローブの紐《ひも》を解いてきたのに、俺はぎょっとし、立ち上がって肩越しに彼を振り返った。

「着替えなければならないだろう?」

俺の視線を受け止め、さも当然のように微笑んできた彼に、そうだよな、と俺は自身の狼狽を恥じた。

「すみません」

「着替えさせてあげよう」

考えすぎだったか、と頭を下げた俺の謝罪は無駄になった。

「あの…」

ロレンツォが鏡の前で俺からバスローブを剝《は》ぎ取る。全裸の姿が煌々《こうこう》と灯りのついた洗面所の鏡の中に晒されることになった俺は、羞恥のあまり鏡から顔を背け、俯いてしまったのだが、そんな俺を背後からロレンツォが抱き締め、顎を捉えて上を向かせようとしてきた。

「震えてるね。緊張してるの？」

俺が身体を震わせていたのは、緊張というよりは羞恥からだった。ロレンツォもそれはわかっているだろうに、わざと気づかぬふりを決め込み、耳元でそう囁いてきた。

「……いえ……」

「かわいそうに。君の緊張を解《ほぐ》してあげよう」

顎を捉えていた指がゆっくりと首筋を通り、胸の突起へと進んでゆく。

「…あっ…」

指先で擦り上げられ、摘まれる刺激に俺の身体はびく、と震え、唇からは微かな声が漏れてしまった。

「まだ震えてる。リラックスしておいで」

くす、と耳元で笑ったロレンツォの舌が、耳の中に入ってくる。

「んっ……」

ざらりとした舌で耳の中を舐《ねぶ》られる感触に濡れた音が重なり、それが胸を弄られる刺激と相俟《あいま》って俺の興奮を高めていった。

「リラックスだよ、フィオーレ」

胸の突起を弄られるたびに、びくびくと身体を震わせる俺を、ロレンツォが楽しげに戒《いまし》めてくる。

「やっ……」

彼のもう片方の手が前へと回り、既に形を成していた雄を握り締めてきたのに、俺の身体はまたびくん、と震えた。

「もうこんなに硬くして。リラックスだって言っただろう？」

「すみませ…っ……あっ……」

わざとらしく俺を責めながら、ロレンツォの手が勢いよく俺の雄を扱き上げてゆく。

「あっ……はぁっ……あっ…」

寄せくる快感にがくがくと脚が震え、次第に立ってられなくなる。洗面台に両手をついて身体を支える俺の胸を、雄を愛撫していたロレンツォの手は休まる気配がなく、俺はあっという間に今にも達しそうなほどに昂まっていった。

「あぁっ……あっ……あっあっあっ」

腰が揺れる姿が鏡に映っている。ロレンツォの手が摘み上げる紅い胸の突起も、彼が扱き上げ

る勃ちきった俺の雄も、鏡に映るすべての像が俺を昂めるだけ昂め、もう限界だと俺がぎゅっと目を閉じたそのとき、

「そのまま、待っておいで」

ロレンツォはそう言ったかと思うと俺から身体を離し、洗面所を出ていってしまった。

「……え……」

昂まりきった身体を放り出され、俺は一瞬呆然としたが、すぐに戻ってきたロレンツォが微笑みながら俺に示してみせたものにはぎょっとし、今までの昂まりも忘れその場に立ち尽くしてしまった。

「続きをしよう」

にこやかに微笑んだまま、ロレンツォが俺の腕を引く。

「……いや……っ」

決して拒絶を許さない彼の手を逃れようとしてしまったのは、彼が俺に示したものがあまりに俺にとって衝撃的だったからだ。

「どうしたの、フィオーレ」

腕力では圧倒的に有利なロレンツォは、一旦は彼の手を撥ね除けた俺の腕を摑むと、洗面台の前まで俺の身体を引き戻した。

「これが、嫌い？」

言いながら彼が鏡越しに俺に見せたのは——性的玩具《がんぐ》の一つ、小さいとはいえない大きさのロ

ーターだった。

「きっと気に入ると思うよ」

「…やめてください…」

弱々しい俺の拒絶をロレンツォは鼻で笑ってあしらうと、俺の尻を摑み後孔を露にした。

「やめて…っ…」

ロレンツォが指で広げたそこに、ずぶ、とローターの先が挿入される。

「スイッチを入れるよ」

ぐっと奥へと押し込まれたと同時にスイッチを入れられ、激しく内壁を震わすその動きに堪らず俺は身体を仰け反らせてしまっていた。

「あっ……」

今にも達しそうなほどに昂まっていた雄から、ぽたぽたと先走りの液が零れ落ちる。生まれて初めて入れられたローターはあまりに刺激的で、俺はもう、自力では立っていられず、しっかりと両手で洗面台にしがみつき、がくがくと震える脚を支えていた。

「ん…っ……んんっ……」

自然と腰が揺れてしまいそうになるのを、必死で堪えようとしてたところ、ぽん、と肩を叩かれ、無意識のうちに顔を上げた俺の目は、鏡越し、にこやかに微笑むロレンツォの整った顔を捉えた。

「さあ、それじゃあ、服を着ようか」

「……え……っ……」

今、彼は何を言ったのだ――？　聞き違いかと思った俺の腕を、ロレンツォが掴んで歩かせようとする。

「あぁっ……」

脚を踏み出したと同時に、ローターにまた奥を抉られ、堪え切れない声を漏らした俺の顔をロレンツォが覗き込んできた。

「しっかりしなさい。無事にショーを終えないかぎり、賭けに勝ったことにはならないんだよ？」

「……賭け…っ……」

ずんずんと歩いてゆく彼に引き摺られるようにし、部屋へと戻った俺に、ロレンツォが俺の着る衣装を差し出してくる。

「そう。そのまま君が無事にショーを終えることができたら、僕は君の望むがまま、契約書にサインをするよ」

「……そんな……」

そのまま、というのは後ろにローターを入れたまま、という意味に他ならなかった。ウィンウィンと蠢き続け、内壁を刺激し続けるこの玩具に、俺は独力では立っていられないほどに昂まってしまっているというのに、この状態で着替えをし、その上ショーに出るなど、できるわけがなかった。

「できませ…っ……あっ……」

首を横に振ろうとした俺を、ロレンツォが無理やりにソファへと座らせる。ローターがまた奥へと入っていったのに、身体を捩《よじ》って声を漏らした俺の前にロレンツォは跪《ひざまず》き、笑いながら顔を見上げてきた。

「さあ、下を穿いて。間もなく出番だよ」

タキシードの下を俺に押し付けてくる彼の手を、振り払う気力はもう俺には残っていなかった。

「できません……っ……」

「仕方がないな。ほら」

ロレンツォが俺の脚にスラックスを穿かせ、腰を持ち上げて無理やり服を身につけさせる。

「手間がかかるね」

まったく、と口では悪態をつきながらも、楽しげな様子でロレンツォは、ソファの上で身体を震わせている俺にシャツを着せ、カマーベルトを嵌めると、ネクタイやらカフスやらも嵌めてくれ、仕上げに上着を着せた。

「髪が乱れている」

そのあと手早く自身も服を身につけたロレンツォが、俺の座るソファへと戻ってきて俺の髪を撫で上げ、微笑みかける。

「綺麗だよ。フィオーレ」

「……ロレンツォ……あの…っ…」

じいいいん、と俺の中で、ローターのモーター音が淫らに響き、後ろを震わせ続けている。タキシードの下、俺の雄ははっきりと形を成し、先端からは先走りの液が流れ落ちてぐっしょりと前を濡らしていた。

「それじゃあ、そろそろ行こうか」

ロレンツォが俺の手を取り、ソファから立ち上がらせる。

「あっ……」

ローターが俺の中を蠢き、新たな刺激に身体を竦ませた俺の耳に、ロレンツォの笑いを含んだ声が響いた。

「くれぐれも落とさないように。しっかり力を入れておいで」

「………っ」

確かにロレンツォに腕を引かれ、歩いてゆく間にも、ローターは中で上下に動き、気を抜くと落としてしまうかもと思われた。だが、そこに力を入れるとまた新たな刺激が生まれ、そのせいで今にも達しそうになり、歩くことができなくなってしまう。

「さあ、フィオーレ」

だがロレンツォは容赦なく俺をせきたてると、俺の腕を取り、殆ど引き摺るようにして部屋を出、エレベーターホールへと向かった。

会場までの道のりは果てしなく遠く感じられた。ようやく舞台裏についたとき、既に精も根も尽き果てていたが、本当の意味の試練はこれからだった。

「ロレンツォ、あと三人で出です」

ファルコがちら、と俺を見たあと、ロレンツォに出のタイミングを教える。

「わかった」

ロレンツォは頷くと、俺の背を促し、ステージへと向かった。

幕に仕切られたそこから、会場の様子が窺い見ることができた。光るライトの中、ポーズをとるモデルたちを、たくさんの客《ゲスト》たちが見上げている。その光景を見た途端、とても出てゆく勇気はない、と俺はつい後ずさってしまっていた。

「どうしたの、フィオーレ」

敏感に察したロレンツォが俺の背へと腕を回し、ぐっと彼へと抱き寄せてくる。

「……無理です…」

ただでさえ緊張で脚が震えてしまうところに、こんなものを後ろに入れられ、いつ達してもおかしくないほど昂まっているこの状態で、スポットライトを浴び、大勢の人の前で歩くなど俺にできるわけがなかった。

「緊張しなくても大丈夫。僕がついているから」

口では優しげなことを言いながら、ロレンツォの手は俺の背から尻へと滑り、ぐっとそこを指で抉ってくる。

「…ひっ……」

ローターが奥へと動いた刺激に、微かな悲鳴を上げた俺に、ロレンツォはにっこり微笑んだ。

「大丈夫だ」

ぽん、と背を叩く彼を恨みがましく見上げようとしたとき、ファルコの声が背後で響いた。

「出番です」

「行こう、フィオーレ」

ロレンツォの手が俺の背を促す。

「……っ」

二人並んでステージへと出た途端、まずスポットライトの眩《まぶ》しさに驚き、続いてこれでもかというくらいに焚《た》かれるフラッシュの光に驚いた。

「しっかり歩いて」

ロレンツォが俺にしか聞こえないように囁き、俺の背を支えながらステージを真っ直ぐに歩いてゆく。

ほお、という嘆息の音がフロアに充満していた。皆が皆、ロレンツォの美しい姿に見惚れているのが、隣に立っている俺には嫌というほど伝わってくる。

うっとりした溜め息の合間に、彼の横にいる俺を訝《いぶか》ったらしい『誰？』という囁きが聞こえる。みっともない自身の姿を想像するだけで、俺の中のいたたまれなさは増していったが、ステージを歩くにつれそれどころではない状態に俺は陥っていった。

極度の緊張が逆に俺を急速に昂め、ステージの上だというのに俺はもう達してしまいそうになっていた。駄目だ、こんなところで何を考えているんだと、気持ちを逸らそうとすればするほど、意識が下半身に集中してゆく。

服に擦られる前への刺激に、後ろを抉り続けているローターの回転に、俺の脚はステージを踏みしめられないほどに震えてきてしまっていた。

「……」

ロレンツォはそんな俺をちらと見下ろしたあと、背を抱く手にぐっと力を込め、俺の身体を支えてくれた。助かった、と思うと同時に、背に感じる彼の手の熱さがますます俺の興奮を煽り、だんだん意識が朦朧《もうろう》としてきてしまう。

ステージの先端まで歩き終わり、ロレンツォが俺の背を抱いたまま、綺麗なポーズをとってみせたのに、フロアの客たちの間から、おお、という歓声と割れるような拍手が上がった。

ぼんやりした思考は、教えられた舞台の段取りをまるで忘れてしまっていた。終わった、とほっと安堵の息を漏らした俺の背をロレンツォが促してきたのに、俺は何事かというように彼を見上げてしまったのだが、

「フロアに降りるよ」

ロレンツォにそう囁かれ、ようやくそれを思い出した。

「パフォーマンスをしようか」

「……え……」

ロレンツォが俺の背をしっかりと支えながら、フロアへと降りる階段をゆっくりと下ってゆく。

おお、とまたフロアがざわめいたのに、ロレンツォは花のような美しい笑顔を客たちへと向けたあと、何を思ったのかその顔を俺へと向けてきた。

「あの…」

正面から向かい合うことになった彼に、何をする気かと俺は戸惑いの目を向けたのだが、ロレンツォはそんな俺の腕を取り、もう片方の手でぐっと背を抱き寄せてきて俺を心底ぎょっとさせた。

「…あの…」

「踊ろう」

会場には今、バックミュージックとしてリベルタンゴが流れていた。曲に合わせてロレンツォが俺の背をぐっと抱き寄せ、脚を動かし始める。

おお、というどよめきが俺たちを包んだが、それらの声に気を配る余裕は俺にはもうなくなっていた。

「あぁっ……」

ぴたり、と下肢を押し当てられ、服に前が擦れていよいよ我慢ができなくなる。

「あっ……」

ロレンツォの手が背を這い、合わせた胸が、先ほど弄られ、勃ち上がってしまった胸の突起を服越しに擦り上げてゆく。

「……あっ……あぁっ……」

曲調が一段と激しくなった。ロレンツォが俺の身体を抱き締めステップを踏むごとに、昂まりは増し、意識は朦朧としていった。

頭の中で甘美に響くタンゴのリズムに、背に感じるロレンツォの熱い掌の感触に、前にはっきりと感じるロレンツォの雄の昂ぶりに、後ろを抉り続けるローターのモーター音に、追い詰めに追い詰められていた俺は、ついに我慢できずに達してしまった。

「あぁっ……」

唇からはかなり高い声が漏れ、自分の背が大きく仰け反ったのがわかった。

「フィオーレ」

少し慌てたようなロレンツォの声を聞いたと思ったのを最後に、俺の意識はぷつりと途切れ、そのまま俺は彼の腕の中で気を失ってしまったようだった。

10

「フィオーレ」

ぴしゃ、と頬を叩かれ、うっすらと目を開いた先、美しい黒い瞳が視界に飛び込んできた。

「大丈夫か？」

問いかけてくるバリトンの美声に、大丈夫、と無意識のうちに頷きながら、一体どうしたことだと俺は思いを巡らせ——。

「……あ……」

今までの出来事を——ショーの最中、気を失ってしまったことを思い出し、身体を起そうとした。

「まだ寝ているといい」

途端に伸びてきたロレンツォの手にベッドに引き戻される。

「何か呑むかい？」

俺が寝かされているのは、どうやらホテルの、ロレンツォの部屋のようだった。見慣れた部屋の天井をぼんやりと見つめていた俺は、ロレンツォが滅多にないほど気を遣った声をかけてきたのに、いらない、と首を横に振った。

「……」

ロレンツォは一瞬息を呑むようにして黙り込むと、そのまま部屋を出ていってしまった。バタン、とドアが閉まったと同時に、はあ、という大きな溜め息が俺の口から漏れる。

もう俺はあの、タキシードを身につけてはいなかった。後ろからローターも抜かれている。ホテルに常備されているパジャマを着せられていたが、着せてくれたのは果たしてロレンツォなのだろうか、と思っているところにドアが開き、再びロレンツォが入ってきた。

「水だ」

いらない、と言ったにも拘わらず、ロレンツォは俺にミネラルウォーターを運んでくれた。

「ありがとうございます」

問われたときには遠慮をしたが、確かに喉《のど》は渇いていたので、俺はけだるい身体をなんとか起すと、彼が差し出してきたペットボトルを受け取り、礼を言った。

「それからこれ」

ロレンツォは俺がボトルを受け取ると、手にしていた封筒を俺に示してみせた。

「……?」

なんだ、と目で問うた俺は、返ってきたロレンツォの答えに、あ、と声を上げそうになった。

「賭けたろう？　僕とA社との契約を」

「………」

そうだ——これも彼との賭けの結果だった、と俺は未だにじん、とした熱を孕んでいる後ろを意識しつつ、唇を噛んで頷いた。

ロレンツォの賭けは、俺が『無事に舞台を終えること』だった。途中で気を失ってしまっては『無事に終えた』とは言いがたい。

また彼との賭けに負けてしまった。彼はそれをからかいにきたのだろうか。また俺を蔑《さげす》み、いたぶりにきたというのか、と顔を見上げた俺の前に、ロレンツォは、ばさ、と手にしていた封筒を落とした。

「A社との契約書だ。契約更新のサインをしたよ」

「え？」

今、彼は一体何を言ったのだ——？　聞き違いとしか思えないその言葉に、恨みがましく見上げていた俺の目線が戸惑うあまり泳いでしまう。

「仕事熱心な君には負けたよ」

ロレンツォが肩を竦めてみせたのを前にして尚、俺は信じられないとその場に固まったまま動けずにいた。

「……」

仕方がないな、というようにロレンツォがまた肩を竦めると、俺の膝の上に落とした封筒を取り上げ、中から書類を出してみせる。

「疑うのなら見るといい。A社との専属契約書だ」

無理やり手渡され、俺はまだ開けてないペットボトルを傍らへと置くと、なぜか震えてきてしまった手で書類を受け取り、目を通し始めた。

間違いなくそれは、ロレンツォとA社の専属契約書だった。署名欄にはロレンツォのサインと今日の日付が入っている。

「立会人の欄があるだろう？　そこにサインをしてくれないか」

呆然とそれを見つめていた俺に、ロレンツォがペンを差し出してきた。

「君がプライドも身体も投げ打って手に入れた契約だ。立会人になる資格は充分あるよ」

「…………」

相変わらずロレンツォの顔には、意地の悪い笑みが浮かんでいた。彼の美しい黒い瞳の中に、俺への蔑みの影を見出した俺の胸はずきりと痛み、契約書を持つ手がぶるぶると、傍目《はため》にもわかるほどに震え始めた。

「さあ、フィオーレ。君は勝ったんだ。もうこんなえげつないゲームは終わりにしよう」

言いながらロレンツォが、俺に向かってペンをまた差し出してくる。

えげつないゲーム——彼にとってこの五日間はやはり、ゲームでしかなかったのだと思い知らされた俺の胸には熱いものが込み上げてきた。

「フィオーレ、君が何より望んでいた契約書のサインだよ。もう少し喜んでみせておくれ」

嘲るようなロレンツォの声が、俺の胸をますます熱くする。

「……そうまでして…」

堪え切れずに零れた声は、酷く掠れてしまっていた。

「え？」

耳ざとく聞き付けたロレンツォが俺の顔を覗き込もうとする。その視線を避けた途端、我慢していた涙が頬を伝って流れ、手の中の契約書を濡らしていった。

「フィオーレ。何を泣くんだ？」

ロレンツォの心底驚いた声を聞いた途端、俺の中でぷつ、と何かが弾《はじ》け飛んだ。

「そうまでして……そうまでして貶めずにはいられないほど、あなたは私が嫌いなのですね」

言葉にしたと同時に、やるせなさが胸に募り、俺の目からはぼろぼろと涙が伝い落ちていった。

今こそ俺は気づいてしまった。時折胸を過《よぎ》ったこのやるせない気持ちがなんであるかに。

プライドを、魂を捨て、言われるがままに身体を開いてきたその理由に。

いくら酷いことをされても、傍らを離れることができなかったのがなぜであるかに。

それは——。

「君こそ、契約書のために言いなりになってきたんじゃないのか？」

ロレンツォがいきなり泣き出した俺に戸惑いながらも、硬い声で問いかけてくる。

「………う……」

やっぱり彼は、そういう目で俺を見ていたのだ、と思うと、悲しみが募り、涙が止まらなくなった。

「フィオーレ」

込み上げる嗚咽《おえつ》に、言葉を発することができない。成人してからはこんなに泣いたことがないというくらい泣きじゃくってしまいながらも、俺はロレンツォの問いに答えようと、手の中の契約書をくしゃくしゃと丸めてみせた。

「フィオーレ」

ロレンツォの驚いた声が響く。

「……好き……なのです…」

嗚咽の合間、しゃくりあげながらなんとか発した言葉を聞いたロレンツォがまた、驚きの声を上げた。

「なんだって?」

「好きなのです…」

そう——いつの間にか俺はロレンツォに恋をしてしまっていた。

きっかけはなんだったのか、自分でもよくわからない。素晴らしい仕事ぶりに触れたことだったのか。無茶をされて気を失った俺をいたわりに満ちた手で介抱してくれたことだったか。絶対服従を強いながらにして、時折覗かせるやるせなさを感じさせる眼差しにか——それらすべてが俺を強烈に惹《ひ》き付け、その魅力の虜《とりこ》にしたロレンツォは、突然の俺の告白に戸惑い、呆然と俺の顔を見返している。

まだ彼は疑っているのだろうか。俺が仕事のためにこんなことを言っていると思っているのだろうか。それとも俺の告白など、取るに足りないもの過ぎてどうリアクションをしたらいいかわからないのだろうか。それとも俺を厭《いと》い、嫌悪に身体を震わせているのだろうか。

たとえ嫌われていたのだとしても、俺の気持ちはただ一つ——。

「……好きなのです。私は本当に、本当にあなたが……」

好きなのです、と訴えかけようとしたそのとき、いきなりロレンツォが俺の背を抱き締めてきたのに俺は驚き、とめどなく流れていた涙が止まった。

「僕はなんて馬鹿なんだ」

「……え」

ロレンツォの声が耳元で響く。意味がわからない、と思いながらも、俺の身体を抱き締めるロレンツォの腕の強さが俺の胸に安堵を呼び、俺はおずおずと彼の背へと腕を回してぎゅ、と抱き締め返してみた。

「フィオーレ」

ロレンツォは一段と強い力で俺を抱き締めたあと、腕を解き、身体を離した。

「僕は誤解していた……君が僕に身体を開くのは、僕にA社と契約させたいから、それだけだと思っていた」

ロレンツォの瞳には、今まで見たこともない真摯《しんし》な光が宿っていた。その黒い瞳に俺の泣き顔が映って見える。

「……それでもいいと思った。どうせ心は手に入らないのだ。身体だけでも自由にできるのならそれに満足しようと思った。酷いことばかり強いてきたのは、どうせ心が手に入らないならと自棄になってしまっていたからだ。だが次第にそれだけでは物足りなくなっていった。君の身体だけじゃない、心も欲しい——僕には過ぎた望みだと、何度も諦《あきら》めようとした。君を解放してやらなければと思った。でもどうしても諦めきれないと思っていたところに、君が——」

一気に熱っぽく語っていたロレンツォが、ここで俺の目をじっと見つめ、掠れたような声で囁いてくる。

「……君が僕を好きだと言ってくれた」

「好きです。好きなのです」

僕の目にはまた、新たな涙が込み上げてきてしまっていた。

ロレンツォも俺を好きだった。俺をいたぶる彼の胸の奥底には、俺への想いが込められていた。

信じられない——彼を信じられないというわけではなく、そんな幸運が己の身に起こることが信じられない、と涙を流しながら首を横に振ろうとした俺の頬を、ロレンツォが両手で挟み、そっと唇を寄せてくる。

「愛してる。僕の可愛い花《フィオーレ》」

「ロレンツォ…っ…」

僕の——その所有格がいかに俺を幸せの絶頂へと導くか、それを伝えようと開いた唇はロレンツォの唇に塞がれていた。

「んっ……」

貪《むさぼ》るようなキスに、頭の芯が痺《しび》れてゆく。きつく唇を吸い上げてくるロレンツォの舌に舌を絡め、その背に縋りつく俺の目からは、とめどもなく涙が零れ、しゃくりあげるせいで呼吸が苦しくなってきた。

「フィオーレ、もう泣かないで」

ロレンツォがキスを中断し、唇に、こめかみに、頬に、熱い唇を押し当ててくる。

「キスを……」

やめないで、と泣きじゃくりながらも俺は彼の背を抱き締め、くちづけをねだった。

今まで何度となく身体を重ねてきたけれど、彼とこうして唇を合わせたことは殆どなかったような気がする。

互いにすれ違っていた想いがようやく通じた、キスはその象徴のように思えてしまっていたのは俺だけではなかった。

「今まで触れるのを我慢してきた君の可愛らしい唇に、これから僕はきっと何万回もキスするだろう」

許してくれるかい？　と問いかけてきたロレンツォがまた、俺の唇を情熱的なキスで塞ぎ、俺も彼のキスに応える。

「Ti amo《愛してる》」

何度となく囁かれ、唇を塞がれるだけで俺の頭はぼうっとなり、身体が熱くなり始めた。薄く開いた目の先、ロレンツォのジーンズの前も酷く盛り上がっているように見える。

欲しい――身を焼く欲情が俺の身体を動かした。彼の背を抱き締めていた腕を解き、そろそろと下ろしたその手でジーンズの盛り上がりをそっと押さえた。

「…フィオーレ」

ロレンツォが少し驚いたように目を見開き、唇を離して俺を見下ろす。

「……やだ…」

自分がいかにはしたない振る舞いをしたのか、思い知らされた俺が慌てて手を離す、その手をロレンツォは素早く掴んで己の雄へと導くと、にっと目を細めて微笑んできた。

「君は本当におねだり上手だ」

「……や……」

言いながら彼が、ぎゅっと俺の手を彼の雄へと押し当てる。その熱と硬度にカッと身体に火が灯り、堪らず声を漏らしてしまった俺に、ロレンツォが意地の悪い口調で問いかけてきた。

「欲しいの？　フィオーレ」

「欲しい……欲しくてたまらない」

今や彼の意地悪は、俺を少しも傷つけるものではなく、俺を昂める手段の一つでしかなかった。

「欲しかったら自分で出してごらん」

ロレンツォに言われ、俺は彼の下肢へと屈み込むと、ファスナーを下ろし取り出した立派なそれに頰を寄せた。

「フィオーレ、君は本当に誘い上手だ」

ロレンツォの苦笑する声が響いたと同時に、俺の手の中から彼の雄が消え、身体を起した彼に上掛けを剝ぎ取られる。

「君が欲しがっているところにあげるから」

言いながらロレンツォが、俺の寝巻きをたくし上げ、何も身につけてない下半身を露にした。

「ローターでさんざん解したから、このまま挿れてもいいかな」

「……意地悪…っ……」

双丘を割り問いかけてきた彼を睨み上げると、

「ごめん」

ジョークだ、とロレンツォは謝りながら、ずぶり、と猛る彼の雄を後孔へと捻じ入れた。

「あぁっ……」

同時に両脚を掴まれ、殆ど上体が浮くくらいまで身体を持ち上げられる。

「いくよ、フィオーレ」

合図と共に、激しい律動が始まった。ずんずんと奥を抉るロレンツォの力強い雄が俺の意識をあっという間に飛ばし、あられもない声が口から零れ落ちてゆく。

「いい……っ……あっ……ロレンツォ……っ……もっと……もっと強くっ……」

俺の声に煽られるようにロレンツォの腰の動きが速まり、突き上げが一段と深くなった。

「きて……っ……もっときて……っ……あっ……もっとっ……もっとほしい…っ…」

「貪欲《どんよく》だな…っ…」

くす、と笑った声が頭の上で響き、ロレンツォが俺の脚を抱え直す。

「…降参するのはナシだよ、フィオーレ」

言いながらロレンツォが、更に腰の律動を速めてゆく。

「あぁっ……」

もっと、とねだったはずの俺も、延々と続く彼の突き上げに、最後は『ナシ』と言われた降参を申し出てしまったのだが、ロレンツォは許してはくれなかった。

「愛してる。僕のフィオーレ」

力強いロレンツォの行為に何度と数え切れないほどの絶頂を迎えた俺はその夜、満ち足りた思いのまま彼の胸の中で意識を失い、眠り込んでしまったのだった。


翌朝、俺を起したのは枕元に置いた携帯の着信音だった。

「はい……」

寝ぼけたあまり、誰からかと確かめずに応対に出た俺は、電話の向こうから響いてきた怒声にはっきりと目を覚ました。

『何をしている！　今、何時だと思ってるんだっ』

電話をかけてきたのは、本間部長だった。何時って、と俺は枕元の時計を見やり、午前十時を指している針に愕然とし飛び起きる。

「申し訳ありません…っ」

遅刻も遅刻だ、と慌てて詫びた俺の耳に、部長の怒声が響き渡った。

『いいからすぐ社に来い！　A社が契約を締結するためにわざわざトップを連れて来訪すると、さっき連絡があったんだ』

「はい？」

聞き違いとしか思えない内容に、思わず問い返してしまった俺も、

『早くしろ！　先方は一時間後に来ると言ってるんだっ』

本間部長に怒鳴り付けられ、慌てて詫びて電話を切った。

「……」

どういうことなのだろう——？　A社が契約をするというのも驚きなら、トップが来社するというのもまたあり得ない話だった。

もともとA社のトップは——社長は、ミラノで俺たちが訪ねていったのにも会おうとせず、契約はできないと追い返したのだ。その社長が何を思ってわざわざ来日し、契約を締結しようなどと申し出てきたのか。

首を傾げた俺の脳裏に、昨夜俺がくしゃくしゃに丸めたロレンツォの契約書が浮かんだ。

「ロレンツォ？」

まさか彼がトップを呼びつけたのか、と俺は今更のように周囲を見回し、彼の姿を探したが、どこへ行ったのか次の間にもシャワールームにも彼の姿はなかった。

「そんな……」

昨日互いの想いが通じ、飽きることをしらないように抱き合ったのは俺の夢だったのだろうか

——不安が込み上げてきたあまり、ロレンツォはいないとわかっているのにしつこく室内のあちこちを探し回った。

そのうちにA社の社長が来社するという時間が迫ってきてしまい、慌ててシャワーを浴びると後ろ髪引かれる思いで、ホテルをあとにし会社へと向かった。

「まったく君は。こんな大切な日に何をしていたんだね」

出社した途端、俺は本間部長に叱責《しっせき》されながらも、高層階にある役員応接室へと向かった。

「もう先方は到着されたそうだよ。受付から連絡があった。本当にこんな日に遅刻など、信じられないよ」

「申し訳ありません」

小言《こごと》を連ねる部長に謝りながらも、

「一体なぜ急にA社のトップが来日することになったんです？」

道すがら部長に尋ねたのだが、部長もそれには首を傾げていた。

「それはそうとロレンツォとA社との契約はどうなった」

逆に問い返され、俺はうっと言葉に詰まった。

「まさか結べなかったとでも言うんじゃないだろうな」

「いえ、その…」

せっかくロレンツォがサインした契約書を、俺はくしゃくしゃに丸めてしまった。あれは締結されたことになるのだろうかと言いよどんだ俺に、

「まあいい。要はA社と当社が契約すればいいことだからな」

部長は寛大なことをいい、ぽん、と俺の背を叩いた。

「向こうがお前を名指しで同席させろと言ってきたんだ。それで急遽《きゅうきょ》呼び出したんだよ」

「私を、ですか？」

ますますわけがわからない。なぜA社のトップが俺を指名してくるのかと首を傾げたところで俺と部長は応接室の前へと到着した。

「失礼します」

部長がノックをし、英語で室内に声をかける。

「どうぞ」

開いたドアからやたらと聞き覚えのある声が響き、え、と思わず中を覗き込んだ俺は、その場の光景に驚き、思わず大きな声を上げていた。

「ロレンツォ、なぜここに？」

「やあ、シニョール花井」

なんと室内にはロレンツォと、そしてファルコがにこやかに微笑み俺たちを出迎えていたのである。

「あの…？」

いつもの『フィオーレ』ではなく、『シニョール・花井』などというよそよそしい呼びかけに、どうしたのだと戸惑いの声を上げた俺に、相変わらず男装の麗人のような美しさを湛えたファルコが、微笑みながら声をかけてきた。

「大変失礼いたしました。こちらは我が社の経営者であり、デザイナーでもあり、そして当社の顔、専属モデルも兼任しておりますヴァレッティ氏です」

「なんですって!?」

ロレンツォがA社の経営者――社長だったというのか、と目を見開いた俺の横では、本間部長が、

「なんですと?」

と同じように目を見開いている。

「失礼、決して御社を謀《たばか》ろうとしたわけではないのです」

ロレンツォがにこやかな笑みを部長に向け、座ってくださいと目の前のソファを示した。

「はあ……」

腰掛けた部長と俺に、今度はファルコが説明を加える。

「最近では日本の商社が軒並《のきな》み当社に、輸入総代理店契約を申し入れてくださっています。はっきり申し上げて条件も御社よりもよりよい社は数社あります。そんな中で、社長は従来のお付き合いで御社を選ぼうとしたのですが、それには御社が我が社との付き合いにどれだけ重きを置いてくれているのか、それを確認したかった、それゆえあのような条件を付したのだと申しています」

「……はあ…」

部長も俺も頷くしかなかったが、それにしても、と俺は、ファルコの横で澄ました顔をしているロレンツォに、思わず恨みがましい目を向けてしまっていた。

すっかり騙《だま》されていた。何が専属モデルに契約を継続させろだ。そのモデルが社長本人だったら、契約なんか結んでるわけがないじゃないか——部長の前ではとても口に出せるものではなかったが、いくら我が社の姿勢を問いたいからといってもあんまりだ、と尚もロレンツォを睨んでいた俺は、不意に彼が顔を上げ、俺を見やったのにはっと我に返った。

「契約内容はほぼ今までどおりでかまいませんが、一つだけ条件を付したいのですが」

「なんでしょう」

俺の隣で、部長が身を乗り出したのがわかる。

「こちらに記載してあります」

部長の前に、ファルコが契約書を広げてみせる。

そこに書かれていた内容は——。

「なんだって?」

横から覗き込んだ俺が驚きの声を上げるのも無理のない話しだった。

なんとそこには、俺を——花井和響《かずとよ》を、ミラノのA社に出向させること、と記されていたのである。

「花井を、ですか…」

本間部長が戸惑いの声を上げ、ロレンツォを見る。俺もつられて彼へと視線を向けたのだが、そんな俺たちにロレンツォはにっこりと、華麗に微笑み口を開いた。

「ええ。共に一週間過ごしてみて、彼がいかに優秀であるかがわかりました。是非我が社のために働いてほしい。もしもシニョール花井が了承してくれるのなら、是非ミラノに来てほしいのです」

「…………」

そんな——まさか、という思いでロレンツォを見返した俺に、ロレンツォが一瞬だけ目線を向けると、軽く片目を瞑ってみせた。

「はあ、それは……ありがたいお話ですが…」

本間部長は思いもかけない『条件』におたおたして即答する気配がない。

「部長、私はミラノに参ります」

即断即決だ、と俺は本間部長の前で、英語でそうきっぱりと言いきった。

ロレンツォと出会う前の俺のプライオリティの一位は、この社でトップに昇りつめるところにあった。だが彼と想いが通じ合った今、俺は日本での出世よりも、ロレンツォの傍にいることを選んだのだった。

彼の傍で、彼のために働きたい——その思いのままに俺はロレンツォに向かい深く頭を下げた。

「宜しくお願いします」

「花井君、君、そんな簡単に決めていいのかい?」

あわあわと俺に日本語で声をかけてくる部長に、俺は日本語で答え、力強く頷いてみせた。

「大丈夫です。何よりA社との契約じゃないですか」

「それはそうだが、しかし出向ともなると…」

「契約に関してはまた、別途つめるとして、どうでしょう、これから少し彼と話をしたいのですが」

本間部長がごちゃごちゃと言い出すのに、ロレンツォが明るく声をかけてくる。

「そ、それは勿論、結構ですが…」

本間部長がたじたじとなりながらも頷くのに、

「それでは別室で、出向契約についてお話をつめましょう」

ファルコが立ち上がり、本間部長に向かって華やかに微笑んでみせた。

「は、はあ…」

本間部長が戸惑いながらも、ファルコに連れられ応接室を出てゆく。

「ロレンツォ、一体どういうことなの？」

ドアが閉まった途端、俺は立ち上がり、ロレンツォに食ってかかっていた。

「ここにおいで、フィオーレ」

ロレンツォが己の膝を示してみせるのに、

「説明してくれるまでは行かない」

俺は腕組みをし、じろり、と彼を睨み付けた。

「言うことを聞かない子にはお仕置きだよ？」

笑いながらロレンツォが立ち上がり、テーブルを回って俺へと近づいてくる。

「放せよ」

そうして強引に俺の座っていたソファに腰掛け、膝に俺を座らせた彼が、じっと俺の目を覗き込んできた。

「君を騙したことは謝る」

「酷いよ。何が会社の姿勢を試したかっただ。そんな理由で…」

俺に嘘をついていたのか、と憤るままに恨み言を並べ立て始めた俺の唇を、ロレンツォの唇が塞ぐ。

「ん…っ」

「あんなのは嘘に決まってるだろう?」

ロレンツォはすぐに唇を離すと、黒い瞳を細めてにっと俺に笑いかけた。

「嘘?」

また嘘か、と口を尖《とが》らせた俺の唇にまた、ロレンツォの唇が触れる。

「そう。種明かしをするとね、僕は君に一目惚《ひとめぼ》れをしたんだ」

「え?」

一目惚れ——? いつ、どこで、と問い返そうとした俺に、ロレンツォが照れたような笑みを浮かべながら言葉を続ける。

「僕の社の前に佇んでいた美しい東洋人の青年が、『ブランドにもモデルにも興味はない』と言ってきた、あのときにね」

「あ……」

かつてロレンツォに指摘されたときにも俺を襲ったいたたまれなさが、今また俺の身に押し寄せていた。

「違う、あれは、その…」

自分の考えなしの行為に対する、言い訳をしようとした俺の唇に、ロレンツォの唇がまた触れる。

「いかに彼に僕に興味を持たせるか——最初の動機はそれだった。もし君がアテンド役をかって出てくれなければ、指名しようとすら思っていた。まさかこんなにも君に溺れ込んでしまうことになるとは、僕自身も驚いているくらいだけれどね」

「ロレンツォ……」

またロレンツォの唇が、彼の名を呼ぶ俺の唇に触れて離れる。

「僕のフィオーレ。一緒にミラノにきてくれるかい？　君なしの生活はもう、耐えられそうにない」

「……ロレンツォ…」

真摯な光を湛えた黒い瞳が、真っ直ぐに俺を見つめている。

俺もまた彼なしの生活になど、耐えられるわけがないのだと頷いた俺の背をロレンツォは強い力で抱き締め、またも唇を寄せてきた。

「僕の——僕だけの可愛い、淫らな花《フィオーレ》」

唇に触れる彼の唇の熱さが、抱き締められる腕の力強さが、囁かれる声の甘さが、彼のすべての嘘を許したくなる欲求を呼び起こす。

「Ti amo《愛してる》」

「俺も…俺も愛してる」

愛を告げ合う唇と唇が、触れ合い、やがて激しく互いを求め始める。俺の背を抱き締めていたロレンツォの手が次第に下りてゆき、上着を捲り上げて俺の尻をぎゅっと摑んだ。

「…やっ……」

「……ねえ、フィオーレ」

スラックス越しに指先を、ぐい、と後孔へと挿し入れてきながら、ロレンツォが微かに唇を離し、俺に囁きかけてくる。

「君の社の応接室には、監視カメラは仕込んであるのかい？」

「……ない……と思う」

ロレンツォがなぜそんなことを聞いてきたのか――腿の辺りに当たる彼の雄が既に熱く硬くなっていることからすぐに俺は察した。

「でも……」

察しはしたが、場所が場所だけに躊躇いをみせた俺に、ロレンツォが欲情に潤む瞳を細め、微笑みかけてくる。

「それなら安心だ」

彼の手が俺のベルトを手早く外し、前を開こうとする。

「部長が戻ってくるかもしれないし……」

こんな姿を見られたら、俺も困るがロレンツォは俺以上の窮地に立たされるだろう。自分の社の、しかも役員応接室という重々しい場所のせいか、珍しくも理性が勝ち俺はロレンツォの手を押さえたのだが、

「大丈夫さ。ファルコが気を利かせてくれているからね」

ロレンツォは俺の気遣いなど無用とばかりにそう笑い、俺の手を払いのけた。

ファルコ——彼とロレンツォの親密な様子が俺の脳裏に甦る。

「……そんなに信頼しているんだ……」

思わずぽろり、と俺の口から漏れた言葉は、自分でも意識せぬうちに苦しんでいたファルコへの嫉妬心が言わせたものに違いなかった。

「……フィオーレ」

ロレンツォが少し驚いたように目を見開いたあと、くす、と笑って俺に唇を寄せてくる。

「嫉妬《ジェラシー》かい？」

「……そんなんじゃ…」

意地の悪い笑みを浮かべるロレンツォから、俺はふいと目を逸らす。

「確かにファルコは僕が最も信頼している部下だけれどね」

『最も信頼している』というロレンツォの言葉に、俺の胸に、ずきり、と鈍い痛みが宿る。だが

続く彼の言葉に俺の胸の痛みは癒され、俺は堪らずロレンツォの首にすがり付いていた。

「僕にとって彼は、信頼できる部下でしかなく、彼にとっての僕は上司でしかない。誓って言うが僕らの関係はそれ以外の何ものでもないよ。君がやきもちを焼く必要はまるでない」

「ロレンツォ」

「僕が愛しているのは君だけだよ、フィオーレ」

ロレンツォが俺の腕を解かせ、頰に、額に、唇に、細かいキスを与えながら、俺のタイを解き、シャツのボタンを外してゆく。

「取引先の応接室で淫らな行為に耽るなど、どれだけ常軌を逸した行動かはわかっているが、君を前にすると我慢することができなくなる」

「……あっ……」

露にした胸にロレンツォの唇が押し当てられる。びくっ、と身体を震わせた俺からロレンツォは手早くスラックスを引き下ろし、彼の膝の上で俺は、シャツの前をはだけられ下半身を裸に剝かれるという恥ずかしい姿になっていた。

「やだ……っ」

真昼間から、しかもこんな公共の場ですることではない、と思う反面、ロレンツォ言うところの『常軌を逸した』場所での行為が酷く俺を昂めているのもまた事実だった。

「僕がどれだけ君に溺れ込んでいるか——わかってもらえるかな?」

その上ロレンツォにそんな、心を蕩かすようなことを言われてしまっては拒絶する気も萎え、俺は自ら脚を開いて彼に跨るような格好になると、両手を彼の首に回して抱き締め、己の下肢を摺り寄せた。

「フィオーレ…君は本当に誘い上手だ」

耳元でロレンツォのバリトンの美声が響いたと同時に彼の両手が俺の背を滑り、俺の腰を摑む。

「腰を上げて」

命じられたとおりにソファの上で、立て膝をついて腰を上げると、ロレンツォはスラックスの前を開き、既に勃ちきっていた立派な自身を取り出した。

「おいで」

導かれるままに膝で前へと移動し、ロレンツォにより密着する。俺の雄は彼のスーツに擦れて先走りの液を擦り付けることになったが、ロレンツォは気にする素振りも見せず、俺の双丘を摑むと、ぐっと自身へと引き寄せた。

「あっ……」

「挿れるよ」

囁いたと同時に、ロレンツォの雄が、彼が両手で押し広げた俺のそこへと挿ってくる。

「あぁっ……」

ぐっと突き上げてくる彼の動きに、奥深いところを抉られた俺の背は快楽に大きく仰け反った。

「動いてごらん」

ぐっ、ぐっ、と突き上げを続けながら、ロレンツォが俺に笑いかけてくる。

「あっ……はぁっ……あっ……あっ…」

しっかりと背を支えてくれていることへの安堵から、俺は言われるがままに彼の上で身体を上下し、自分を、そしてロレンツォを絶頂へと導いていった。

「あっ……あぁっ…あっあっあっ」

広々とした役員応接室に、俺の嬌声と、二人の下肢がぶつかる音が高く響き渡っている。俺の動きの逆を突くようなロレンツォの突き上げが加速したのに、俺は一段と高い快楽の極みへと引き上げられ、彼のスーツに白濁した液を飛ばしてしまった。

「あぁ……っ……」

同時に彼も達したようで、ずしり、という精液の重さを後ろに感じた。はあはあと乱れる息のまま、彼の首に縋りつこうとする俺に、ロレンツォもまた息を乱しながら、ゆっくりと唇を寄せてくる。

互いの呼吸を妨げぬような細かいキスが、やがて情熱的なキスへと変じてゆく。きつく抱き合い、貪りあうように唇を重ねる俺の胸は今、溢れるほどの幸福感で満たされていた。

あとがき

はじめまして&こんにちは。愁堂れなです。

まずはスラッシュノベルズの復刊を心よりお祝い申し上げます。ラインナップに加えてくださりありがとうございました。

初スラッシュノベルズとなりました本書は、謎の？イタリア人モデルと、プライドの高い日本のエリート商社マンのアダルトテイストなラブストーリィです。

今まで発行いただいた商業誌の中では多分、一番エロエロしいのではないかと思います。さまざまなシチュエーション、さまざまなアイテム（笑）を使ってのエッチシーンを本当に楽しみながら書かせていただいたのですが、いかがでしたでしょうか。皆様にも少しでも楽しんでいただけるといいなあと心よりお祈りしています。

今回、イラストをご担当くださいましたかんべあきら先生に、この場をお借りいたしまして心より御礼申し上げます。

フェロモン全開、セクシーなロレンツォを、美人で扇情的なフィオーレ花井を、そしてクラクラするほど素敵な二人の艶っぽいラブシーンを本当にどうもありがとうございました。

また担当のN様にも、今回大変お世話になりました。「面白かったです」「いやらしかったです」とのお言葉を、とても頼もしく拝聴しておりました。何かとご迷惑をおかけいたしますが（すみません（汗）これからもどうぞよろしくお願い申し上げます。

最後になりましたが何よりこの本をお手にとってくださいました皆様に、心より御礼申し上げます。

出版社様のご事情で当初の発売予定より四ヶ月ほどお待たせしてしまいましたが、普段よりエッチ度二百パーセント増しのこの本が、少しでも皆様に楽しんでいただけましたらこれほど嬉しいことはありません。

よろしかったらお読みになられたご感想を、編集部宛にお送りくださいませ。皆様のご感想、心よりお待ち申し上げます。

今後リブレ出版様では雑誌掲載やノベルズをご発行いただける予定です。こちらもよろしかったらどうぞお手にとってみてくださいませ。

また皆様にお目にかかれますことを、切にお祈りしています。

平成十八年六月吉日

愁堂れな

（公式サイト『シャインズ』http://www.r-shuhdoh.com/）

初出一覧

情熱の花は愛に濡れて／書き下ろし

イラスト/不破慎理
イラスト/門地かおり
絢爛
ピンナップ&
美麗
ストーリー
カード!!
激甘な恋も
情熱的な愛も
おまかせ♥な
豪華執筆陣！
読みきり満載♥
ラブたっぷり♥
究極恋愛マガジン!!
ボーイズラブを
もっと楽しむ！
スペシャル企画も
見逃さないで！
毎月14日発売
月刊
小説
ビーボーイ
b-Boy
イラスト/蓮川愛
A5サイズ
Libre

ビーボーイスラッシュノベルズを
お買い上げいただきありがとうございます。
この本を読んでのご意見・ご感想をお待ちしております。

〒162-0825 東京都新宿区神楽坂6-46
ローベル神楽坂ビル7階
リブレ出版(株)内 編集部

SLASH
B-BOY NOVELS

情熱の花は愛に濡れて

2006年8月20日　第1刷発行

■著　者　愁堂れな

■発行者　牧 歳子
■発行所　リブレ出版株式会社

〒162-0825　東京都新宿区神楽坂6-46 ローベル神楽坂ビル6F
■営　業　電話／03-3235-7405　FAX／03-3235-0342
■編　集　電話／03-3235-0317

■印刷・製本　株式会社光邦

Printed in Japan
ISBN 4-86263-021-9